カップケーキと恋の怪物

雨坂 羊

講談社ラノベ文庫

口絵・本文イラスト／とけし
デザイン／おおの蛍（ムシカゴグラフィクス）

《序章　一番太鼓は高らかに》

「諸君、僕はカップケーキをもらうのが怖くて堪らない！」

教室内に突如として響き渡った明朗な声に、全員の視線が集中する。

黒板を背にして立っていたのは、同じクラスの〝女子〟だ。

フルネームは知らない。確か、平なんとかさんだったと思う。

前髪は中途半端に長く、片方の目は完全に隠れてしまっていた。だからだろうか、見えている方の目も何だかじっとりと睨みつけているように感じる。

「ああ、誤解しないでくれたまえ。カップケーキが怖いわけではなく、カップケーキをもらうことが怖いんだ！」

彼女は全員が各々感じているであろう印象などそっちのけで、尚も声を張り上げる。

夏休み明けの蒸し暑い教室には、甘ったるい匂いが充満していた。

真下の階が家庭科室で、今まさにお菓子作りが行われているせいだろう。

私たちも、ついさっきまではその家庭科室で彼女が言うカップケーキ作りに励んでいた。

「その君！」

唖然と立ち尽くしていた小串乃々果、通称おぐちんを指差した彼女が「聞いているのか！」と大声で注意する。

ちなみにおぐちんは女子アナっぽい正統派美人で、私とは入学時から同じグループだ。

「何度も言わせるんじゃない。僕は絶対にカップケーキを受け取らないから、誰も僕の所には持ってこないように。いいね」

ああ恐ろしい、恐ろしいと言いながら教室を出ていった平なんとかさんの方が、よっぽど恐ろしかった。あいつやべーぞ！　という空気が甘い匂い以上に満ち満ちている。

この瞬間まで、彼女はクラス内でも特に物静かで存在感のないタイプだったからだ。

現国の音読でもひどくぼそぼそと読んでいて、どこを読んでいるのか聞き取れなかった覚えがある。

一人称が〝僕〟であることも、たった今知ったばかりだった。

大人しい子がいきなりキレるという話は聞いたことがあるけれど、いきなり怖いことを宣言するのは初めてのパターンだ。

「あいつ、誰だっけ」

沈黙が続くなか、テニス部きってのイケメンレギュラーとして有名な北条(ほうじょう)くんがぽつりと呟(つぶや)く。

おぐちんと北条くんは付き合っているから、大事な恋人がおかしなクラスメイトに絡まれて困っているのだろう。

「へい、ぼん？」

教卓に貼りつけてあった座席表の名前を、他の男子が確認する。ぞくぞくと集まっていくクラスメイトに釣られて、私も座席表を確認した。

普段はあまり野次馬をしない性格だけれど、このときばかりは衝撃的すぎたので仕方がない。

「平樹凡（たいらきなみ）よ。大樹の樹に、凡人の凡できなみって読むの」

これまた同じグループの早見珠理（はやみじゅり）が教えてくれる。

どうやら珠理と平さんは、同じ中学出身らしい。

「わりーけど、この字面だけ見ると平凡ちゃんだよな」

「中学のときのあだ名もそうだったわよ。本当に地味でザ・平凡って感じだったし」

何故（なぜ）か得意げな様子で腕組みをした珠理に、クラスメイトがどっと笑い出した。

昨日まで大人しかった平さんのキャラ変を揶揄（やゆ）する声もある。

「高校デビューは聞くけど、一年の二学期デビューは珍しいな」

さすがに中途半端すぎじゃね？　と北条くんがとどめを刺した。たかねちゃんもそう思うだろ？　と同意を求められて困惑する。

「何度も言うけど……私、たかねじゃなくて高嶺（たかみね）だよ」

「さっすが！　高嶺（たかね）の花は、こんなときにも謙虚だなぁ」

再びクラス中が笑いに包まれた。

私は居たたまれない気持ちで俯く。仮に私が本物の〝高嶺の花〟だったら、こんな風に直接言われたりはしないはずだ。

偽物の花だと、本当はみんなが思っている。

だからわざと笑いのネタにしたり、困らせるようなことを言ってくるのだろう。

はぁ、と思わずため息が零れる。

話題の平さんは、颯爽と教室を出ていったきり戻ってこなかった。

＊＊＊

「あたし、あいつにあげてもいいんだけどなぁ」

放課後、私の席へとやってきた珠理がいたずらを計画する少年のような口ぶりで呟いた。

あいつ、と言われて一瞬疑問符が浮かんだが、すぐに思い至って「あー……」と曖昧な返事をする。

彼女の手には、可愛い包み紙に入ったカップケーキが収まっていた。

ただのクラスメイトに渡すなら、私もこんな言い方はしなかっただろう。

家庭科の授業は、班ごとに分かれての作業が基本だ。

放任主義の若い先生だから、勝手にチョコチップを混ぜたりナッツを散らしたりと比較的自由にアレンジすることが許された。

その場で食べきれなかった分はこっそり持ち帰って別の班の子と交換したり、他のクラスの子にあげたりするのがお決まりだ。

珠理の視線は、ちょっと猫背の平さんに定まっている。

まるで、獲物を前にした鷹(たか)のようだ。

彼女は根っからの一軍女子で、私は入学式当日に声をかけられたことでいつの間にか同じグループにくくられてしまった。

他にも派手めな女子が集まって、現在は五人グループだ。

中でも珠理は特に目立っていて、クラス内でも中心的な人物といえる。

今も制服のボタンを二つも開けて、金色のゆる巻きヘアと隙のないばっちりメイクが決まっていた。

私のことを「まるで高嶺の花のたかねちゃんね!」と言い放ったのも珠理だ。

美人の代名詞なんだからいいじゃないと言われたが、私はこれまでそういった扱いを受けてきたことがなかったので動揺した。

小学校までは空手に明け暮れ、中学からは勉強に明け暮れ、とにかく容姿に頓着したことがない。しかし無事に受験が終わった辺りから、急に周りの目が変わったのを覚えている。

ボサボサのロングヘアをボブにして、瓶底みたいに分厚くなっていた重たい眼鏡をコンタクトにしただけなのに不思議だ。

ママには「元が良いからよ」と当然のように頷かれた。

確かに、顔立ちは整っている方だと思う。綺麗なママに似たのだから当たり前だ。

でも、私はママの生き方に疑問を持っているし、綺麗だからといって幸せな様子が少しもないから憧れもない。

若い頃には死ぬほどモテたらしいけれど、その成果ができちゃった結婚からの泥沼離婚だ。

ママは高卒で夜の仕事を始めたが、現在はスーパーの品出しとレジ打ちが主な業務だった。

毎日疲れたと言いながら、へとへとになって帰ってくる。職業に貴賤はないが、さすがに老後のことを考えると不安にならざるを得ない。

私は悟った。

生きていくのに必要なのは知力と体力だ。それさえあれば健康で文化的な最低限度の生活を営むことができる。

目指せ公務員！　死ぬまで誰に頼ることもなく安定した人生を歩むんだ！

「ねぇ、聞いてるの？　たかね」

「ご、ごめん……でも平さん、カップケーキもらうの嫌がってなかった？」

というよりも、ぶるぶると震えながら恐れていた。

「あんなの本心なわけないじゃない。バラエティの落とすなよ！　絶対だからな！　ってやつと一緒よ」

そのとき、後ろの席の男子たちの声が聞こえてきた。

高校にもなって家庭科なんて怠（だる）すぎじゃね、という意見にはまるっと同意だ。

お菓子の交換なんて中学生じゃあるまいし、衛生的にも心配がある。

無駄な時間を費やすくらいなら、高一の今から必要な資格試験の勉強をさせてほしい。

「たかねは誰にもあげないの？」

「私の班は何も入れなかったから、家で一人で食べるよ」

「つまんなぁい！　せっかくなんだからみんなと交換したらいいじゃない。ノーマルカップケーキも美味（おい）しいわよ」

珠理の声は大きい。窓際に固まっていたサッカー部の男子が、俺たちにくれればいいだろ！　と冗談めかしてちょっかいをかけてくるくらいだ。

やだよー！　と言いきった珠理は、ぷくっと頬を膨らませて自らの可愛さを巧みに演出している。

女は愛嬌とはよく言ったもので、一番モテているのは彼女の方だ。

それから自信満々に平さんのところへと進んでいった珠理が、すっと柔らかく目を細め、どうぞとカップケーキを渡す。

これが、所謂キメ顔というやつだろう。

しかし次の瞬間、ガタガタンッと大きな音を立てて平さんが椅子から転げ落ちた。

「ヒイイイ！　カ、カ、カップケーキ!!」

「え？　ちょ、何よ！　あんただって授業で作ってたじゃない」

「僕はカップケーキを『もらうのが』怖いと言ったんだ。あんなにもはっきりと宣言したのに……どうしてわかってくれないんだよ！」

立ち上がり、大げさな身振り手振りで珠理を責め立てた平さんは再びよろよろと教壇に立った。

「まだわかってもらえないようだから、改めて言わせてもらうよ。どうか誰も、僕にカップケーキを渡さないでくれたまえ」

バンッと教卓を叩く平さんを、クラスに残っていた全員が唖然と見つめている。

「何故だかわかるかい？　そこの君！」

「え？　また私？」

指されたおぐちんが、ええっと、と戸惑いながらも考える。

「他の人の手作りが苦手とか？」

「ちっがーう‼　全く、僕と同じクラスになって半年近く経つのにどういうことだい？　僕はね。カップケーキをもらうことで誰かの好意を受け取るのが嫌なんだ。その結果、相手は僕と付き合えると勘違いしてしまうだろう？」

「え？　でも珠理は女じゃん」

「そ、そうよ！」

おぐちんに続いて、珠理本人が訂正を入れる。これはさすがに冗談かと思ったが、平さんは尚も真剣な表情だ。

「女性だからだよ。僕が本当に怖いのは恋人だ。これからも一人で生きていきたいのに、僕という存在から肯定されてしまった彼女たちは勘違いして告白してくるだろう。僕だって冷血じゃないから、毎度のように断るのは心が痛む。つまり、早いうちに恋の芽を摘んでおくことが大切なんだ」

はあ？　と全員の頭にはてなが浮かんだ。

こんな時代だ。恋愛対象が当たり前に女性という点については「ふうん、そうなんだ」程度のものだけれど、カップケーキをもらうと恋人になるなんて風が吹けば桶屋が儲かるくらい遠い発想だろう。

とても正気とは思えない。こんなやばい人間が半年近くもクラスに隠れていたなんて、そっちの方が恐ろしすぎる。

しかし怯える私とは違い、顔を真っ赤にして怒ったのは珠理だった。

他者に無下にされた経験がないのだろう。放っておけばいいのに、わざわざ同じ教壇に上がって平さんに迫った。

「もしかして、あたしがあんたを好きだって言いたいの⁉」

「現に、君は僕にカップケーキを渡そうとしている」

「な……なっ‼」

「あんなに拒否しておいたにもかかわらず、湧き出る恋愛感情に抗えなかったんだ。申し訳ないが、告白には応えられないよ。恋人なんて恐ろしいだけだからね」

ふっと笑みを残してやや長い前髪を耳にかけた平さんが肩をすくめる。

見えなかった方の目がちらりと覗いて、私は何だかちょっと得をしたような気分になった。

どこかあどけない眼差しが、ゆっくりと珠理に向けられる。それは、心から同情しているといった態度だ。

「ちょっと！　どういう……」

尚も嚙みつこうと頑張る珠理だったが、結果は無残なものだった。

落ち着いた動作で席に戻った平さんは、鞄を持って教室を出ていってしまったのだ。怖い怖いという独り言だけを残して。

「珠理……大丈夫？」

静まりかえった教室で、私は思わず声をかけた。

「あっ……あっ」

「あ？」

「ああああいつ、ふざけんじゃないわよおおお‼」

もはや、絶叫だ。

普段はあざとく猫を被（かぶ）っている珠理が打ち震えている。

怒りが頂点に達すると、人は本当に震えるらしい。頭からは煙が出ている気がするし、放っておけば噴火するかもしれない。

「調子に乗りやがって、絶対許さないんだから！」

普段とは違う珠理の様子に、事態を見守っていた男子たちも戸惑っている。

反対に女子の反応は冷静だ。一軍のリーダーとしてクラスを牛耳っている珠理は、普段から裏表が激しいことで有名だった。

「あんまり相手にしない方がいいよ。何か、ちょっと変わった人みたいだし」

ざわざわと騒ぎ始めるクラスメイトを横目に、私は珠理の気持ちを抑えようと必死だ。

同じグループのおぐちんにも視線を送ったが、彼女はしらんぷりを貫いて彼氏の元に駆け寄っていった。

女子の友情の何と儚いことよ。

私はプライドをズタズタにされた珠理の肩を抱きながら教室を離れた。暴言を吐いている珠理はちょっとだけママに似ていて、どうしても見過ごせなかったからだ。

＊＊＊

はぁ、とため息を吐く。

アパートに帰ってきた私は、ぐったりと疲れきっていた。

高校から家までは四回も乗り換えがあり、片道二時間近くかかるのもその要因の一つだ。

その上で珠理に振り回されていたのだから、仕方のない結果といえる。

渡し損ねたカップケーキを食べて機嫌を直した珠理からは、何通かのメッセージが届いていた。

取り乱してごめんね、とか、二日目だったから、とか、挙げ句の果てには舌をペロッと出しているうさぎのスタンプが送られて来たりもした。

彼女なりに振り返って、反省しているのだろう。

自室に入ると、今日も今日とて激しいロックが聞こえてくる。

隣の住人は四十近いおじさんだが、彼は現在も活発にバンド活動を続けているギタリスト兼ボーカルだった。

アパートは古い上に、やたらと壁が薄い。

うちのピンポンが鳴ると、二つ先の住人が顔を出すくらいだ。

保証人なしでも入居が可能なので、外国人留学生や独り身の老人、隣のおじさんみたいに定職に就いていないバンドマンなど様々な人が住んでいる。

両親が離婚してからはずっとこの環境だったため、私もすっかり慣れてしまった。

公務員になったら、静かなマンションに移り住むこともできる。その夢が、重くのしかかる疲れも吹き飛ばしてくれるような気がした。

彩りのない適当な野菜炒め(いた)とカニカマのサラダを作った私は、お弁当用のきんぴらと煮卵の下ごしらえを済ませて筋トレを開始する。

何とも簡素な食事だが、女子力の有効期限は短いし、鍛えたところですぐに衰えてしまうから頼りにならない。

しかし筋肉は別だ。筋肉は裏切らない。

SNSで流れてきた金言を、私は固く信じている。

ただやり方が悪いのか、腹筋が六つに割れたり力こぶができたりすることはなかった。

体質なんかもあるだろうし、動画を見ながらの自己流では限界もある。

本当はプロテインを買ったりした方が良いのかもしれないが、少ないお小遣いの中からその費用を捻出するのは難しかった。

そして、私の夜はまだまだ忙しい。筋トレが終わったら即勉強だ。

家庭の事情、という名の金銭状況を鑑みても大学への進学は難しいので、今のうちから勉強に励んで速やかに就職したいと考えている。

目標はもちろん公務員だった。

奨学金なんかも考えてみたけれど、言い方が違うだけでつまりは借金だ。

ママが夜の仕事をしていたのも、ママのパパ、つまり私のおじいちゃんの借金が原因だった。お金を借りて大学に行くくらいなら、少ないお給料でも安定した仕事に就きたい。

お風呂から上がった頃、ようやくママがパートから帰ってきた。

私は玄関まで駆けていっておかえり、とすぐに声をかける。

「いつもより遅かったね」

「新人の子が飛んじゃったのよ」

「本社から研修で来たっていう新卒の人？」

「そうそう。絶対続かない気がしてたけど、まさか五ヵ月も持たないとはね。彩菜(あやな)も、せめて退職の連絡くらいはできる人と付き合いなさいね」

「あはは。私はいいよ。そういう話は」

苦笑すると、ママも力なく笑っていた。

幼い頃はいつも綺麗でぴかぴかの服を纏っていることが自慢だったけれど、今ではくたびれたTシャツにゴム紐のズボンが基本だ。

化粧をすれば美人なのに、だいたいはすっぴんで過ごしている。

何度か再婚を勧めたこともあるけれど、ママは決して頷かなかった。

もう男には懲りたらしい。

ママの影響を色濃く受けた私も、結婚に対するプラスのイメージが持てない。

恋をしたことはあるけれど、だからといって将来には結びつかなかった。いずれは一人で生きていくのだと、当たり前に考えている。

好きな人ができないならば、それが一番の予防策だ。

だから学校でも極力異性とは距離を置いているし、連絡先も交換しないように気をつけている。

珠理からの頼みで断れなかったとしても、既読がつかないように通知を切っている有様だ。

ブロックまですると角が立つから、今の私にはこれが限界だった。

垢抜けたせいか告白されることも増えたけれど、はっきり言って困る。

知らないし、面倒だし、怖いからだ。

せめて親しくなってから言ってほしい。とはいえ、こっちは親しくなるつもりもないけれど。

——諸君、僕はカップケーキをもらうのが怖くて堪らない！

ふと、平さんの宣言が頭の中で蘇る。

彼女はちょっとアレな人だったけれど、一方ではどこか羨ましくも感じていた。

「カップケーキは誰にもあげません！　恋愛も異性も怖いです。誰とも付き合わない私を、どうか放っておいてください！」

そう言えたなら、どんなにか楽だろう。

調子に乗るなと怒られそうだけれど、きっとすっきりするはずだ。

野菜炒めをつまみにお酒を飲み始めたママを邪魔しないよう、私は自室へと戻る。

ベッドで充電していたスマホを見ると、通知が明滅していた。

珠理かな、と思って画面をタップしたが、相手はまさかのパパだ。

『今日🌙は、新宿で、ディナー😍✨✨だったヨ😂‼　彩菜が、好き❤な、創作料理😊💕だったから、今度💦、一緒に、来ようネ⁉😉✨』

パパは絵文字が大好きなおじさん構文の使い手だ。

続けて届いた画像には、美味しそうなイタリアン系の創作料理と一緒にワイングラスが写っていた。

ママと違ってアルコールが駄目な人だから、これは向かいの席に座っているであろう女性のグラスに間違いない。

パパは今でも、死ぬほどモテまくっている。特に格好良いわけではないけれど、優しくてマメな性格が女性に好かれやすいのだろう。

だから私は、両親が離婚するときにママを選んだ。

パパには常に誰かが寄り添ってくれる。けれど夜の仕事を辞めて一人になったママの側には私しかいなかった。

体育祭の話し合いは、混迷を極めていた。

部活やバイト、塾に忙しい生徒もいれば、単に運動が苦手だからと嫌がる人も多い。

学校行事に関わると帰宅時間が遅くなるので、私もできるだけ発言を控えて目立たないようにしていた。

「この間の威勢はどうしたのよ、平凡さん」

ああ、ごめん。平さんだったね！　などと言ってからかう珠理はちょっぴり大人げない。

カップケーキ事件以降、珠理は平さんを目の敵にしていた。

「悪いけど、僕は協力できないよ。走る姿にときめいて、付き合ってくださいと言う人が現れるかもしれない。疲れきったところを狙われるなんて考えただけで恐ろしいよ」

「へーえ？　でも怖がってる割に、全然告られてる気配がないけど？」

「何のために宣言したと思っているんだい？　告白されないためだろう。君は本当にわからずやだな」

瞬間、ガタンと席に着いた珠理の機嫌が急降下していくのがわかる。

私も毎度のように相手をしている暇はないので、今日は無視して帰ろうと下を向いた。同じグループのマキとぽんちゃんが慰め上手なので、きっと何とかしてくれるだろう。

しかし、こっちの心境などお構いなしに、私は再び付き合わされることになった。

フンフンと鼻息を荒くしていた珠理が、平さんに告白するというのだ。

その影響もあるのだろうか、今日はいつにも増してメイク直しに気合が入っている。けしかけたのは、同じく一軍所属のおぐちんだった。

「あんなこと言って本当は彼女が欲しいに決まってるんだから、珠理が行けばすぐに落ちるって！」

おぐちんはちょっと悪い子だ。でも珠理だって大差ない。

「ほんと調子に乗りすぎだし、あたしが何とかしなきゃいけないわよね！　じゃあ、今から言ってくるから！」

「怖がってるんだし……そっとしといてあげたら？」

「もしかしてフラれると思ってる？　それともたかねは平凡さんの味方ってわけ？」

「別に……そうは言ってないけど」

だるー。めんどくさー。

あまりに極端な例を出され、私も萎えてしまう。結局こうなるから、右へならえで同調した方が楽なんだ。

わかっているのに、一度は口答えをしてしまう自分の性格を呪う。

かくして私は、同じグループの女子達と共に珠理の後を追いかけることになった。

中庭に呼び出された平さんは、やっぱりといった顔でこめかみを押さえている。

「今日は、あんなこと言ってごめん……」

まずは、いつものキメ顔で珠理が先制攻撃を放つ。あざとすぎる下がり眉には「許してくれるよね」という確かな期待が込められていた。

「私ね、実は平さんのこと……」

「わかっていたよ。君の気持ちは」

「は？」

「好きな人にちょっかいを出したいという感情を抑えきれなかったのだろう？　だが、前にも言ったとおり僕は恋人というものが恐ろしいんだ。だから君とは付き合えないよ」

「ちょっと、まだ付き合ってくれなんて――」

「ああ、いい。わかったわかった。素直じゃないのは君の可愛いところだが、僕には何もかも恐ろしいだけだ。悪いが他を当たってくれないか」

くすりと、隣にいたおぐちんが笑っている。

誰よりも目立っている珠理にしょっちゅう主導権を奪われているから、日頃の仕返しも兼ねているのだろう。

「ちょうど良い。君からもクラスの女子に伝えてくれないか。僕は本当に怖がりなんだ。高嶺の花のような人が来たって同じだからね。恋人ができることを考えるだけで、卒倒してしまいそうなほど怯えているんだから」

傷つけてすまないと呟いた平さんが立ち去ろうとした瞬間、木陰に隠れていた私はぐいっと腕を掴まれ引きずり出された。

「高嶺の花なら、ここにいるわよ」

「じゅ、珠理⁉」

「平さんのことを好きなのは、私じゃないわ！　ここにいるたかね……いいえ、高嶺彩菜よ！」

ヒッ！　と声を上げた平さんは尻餅をつき、ずるずると手を使って後ずさる。スカートが汚れるのも気にしていないようだ。

やめてくれえええ！　怖い、怖いいい！　と叫ぶ様はさながらゾンビから逃げるエキストラだった。

大仰な様子が、余計に演技臭さを感じさせるのかもしれない。

そういえば海外ドラマの『ウォーク・デッド』はどんな最後を迎えたのだろう。

気弱だった一人娘の母親が、どんどん強くなっていく姿が痛快だった。

「いい？　平凡さん。ここにいるたかねは、あんたのことが大大だーい好きなの。もうとにかく一途で何とか付き合いたいって死ぬほど相談されてたんだから」

「ギャアアアア！」

「ここで逃げても無駄よ。たかねは粘着質だから、明日も明後日も告白しに来るわ」

「粘着って……」

文句を言いかけた私に、珠理がしーっと人差し指を立てる。

「あいつ、女子を馬鹿にしてるだけなのよ」

耳元に顔を寄せて、こそこそ囁く。

「このまま黙っておけないでしょ？　たかねなら絶対上手くいくから、ゲームだと思って協力してよ」

頭を抱え、体を思いっきり縮こまらせてブルブル震えている平さんに珠理がちらちらと視線を送る。

「あっちがその気になったらフっちゃえばいいんだから、簡単でしょ？　頼んだわよ」

私はうーんと唸りながらも渋々頷いた。

もちろん珠理の指示にすべて従うつもりはないし、こんなに怯えきっている平さんにも申し訳ないと思っている。

だいたい、私だって恋愛は苦手だ。

めちゃくちゃ嘘くさいという点は気になるが、もしかしたら彼女も私と同じく何らかの事情があって恋を恐れているのかもしれない。

夏休みの間に、大人しかった性格をも変えてしまうほどの恐ろしい何かが。

「えー……っと、すみません、好きです」

心にもないことを言ったせいでものすごく棒読みになってしまったが、まあ仕方ない。

「クッ、やっぱりか……あふれ出る僕の魅力に抗えなかったのだね」

「私は見てるだけで構わないから、別に気にしなくていいよ」

「そこまで言うなら仕方ない」

「え？」

「僕も、怯え続ける日々にはうんざりしていたんだ」

カップケーキもらうの怖い怖い宣言からはまだ数日しか経っていないが、どうやらそれすらも彼女には長すぎたようだ。

「恋人は無理だが、友達なら傍にいてあげないこともない。君だって、僕を想っているのに見ているだけなんて辛いだろう。僕は怖がりだが、同時に慈悲深い人間でもあるんだ」

よたよたと立ち上がった平さんが、私に右手を差し出した。

「これからよろしく、高嶺さん」

「はぁ」

握手をしながら、正しく『たかみね』と呼ばれたことに少しだけ好感を持った。

「あ、早速にやけているね。嬉しすぎるからといって、手を洗わないのはよくないぞ」

「いや、めっちゃ洗うから大丈夫だよ。こんなご時世だし」

私は高卒での就職を目指しているので、内申と出席日数は生命線だ。

風邪や感染症なんかで休んだらすべてが台無しになってしまう。

「そうか。僕の杞憂なら構わないが、強がっていないか心配だよ」

そのまま流れるように連絡先を交換してしまった私は、何故か左腕を押さえて片足を引きずっていく平さんを黙って見送った。

本当は今すぐにでも呼び止めて「嘘だよ」と言ってしまいたい。

が、何もかも後の祭りだ。

私は諦めを背負って、ふうと肩の力を抜いた。

「また通知オフにするの？」

おぐちんに聞かれて、首を横に振る。

〝僕〟なんて言っているが、相手は普通に女子だ。しかもあんなに怖がっているのだから、一方的に連絡をしてくることはないだろう。

もちろん、私が好きになる未来もありえない。初恋は男子だったたし。

基本的には強くて寡黙で硬派な人がタイプだから、何というか、彼女は色々な意味で正反対の立ち位置だ。

ひょろっとしているし、やたらと多弁なのも気にかかる。どう足掻いても、互いの気持ちが交わることはないだろう。

「サボらないで、しっかりやってよ！」

私を餌にした珠理だけは、ガンガン連絡してちゃっちゃと落としなさいと腕を組んで怒っていた。

「ほんと、何があったっていうのよ」

中学時代を知っている珠理の声には、確かな困惑の色が混ざっている。

まあ確かに、知り合いが突如としてあんな変貌を遂げたら私だって戸惑うだろう。

「平凡さんっていうか、激痛さんって感じだよね」

にこにこ顔のおぐちんは、なかなかに酷い暴言を吐いて「彼氏の応援に行かなきゃ！」とテニスコートに走っていった。

＊＊＊

恋を知ったのは、小学校六年生のときだった。

周りの女子に比べたら遅い方だったけれど、気づいたのがそのときだっただけで実際はもっと前から好きだったんだと思う。

相手は同じ空手教室のライバルでもあった大賀竜也だ。みんなは彼をたぁくんとかたっち、なんて言っていたけれど、私は彼をがっちゃんと呼んでいた。

その方が、何か強そうだったからだ。

彼だけは他の男子とは違い、同じ高みを目指す仲間だと思っていた。

自主練にも積極的に励んでいたし、周りの誰よりも真面目に、そして真剣に取り組んでいたのも知っていた。

とはいえ黒帯になったのは私の方が先だし、大会での成績も常に私が上位だった。

中学からは男女で曜日が別になってしまうから、小学校最後の大会で優勝できたらがっちゃんに告白しようと思っていたんだ。

でも直前の練習で、私はがっちゃんに負けた。

ちょうど身長が同じくらいになってきた頃で、技というよりも単に力負けした格好だ。

「これからは一度だって負けないからな」

睨みつけるような眼差しと、鋭いがっちゃんの言葉が、まだ脳裏にこびりついている。

私はおそらくがっちゃんにとって、倒さなければならない真の敵だったんだ。

良きライバルとして、互いに憧れつつも切磋琢磨していると思っていたのは私だけだった。

蕾のまま伸びていった恋の花は、一体どうなるのだろう。花が開くこともなく、枯れるきっかけさえもなく。

考えても意味の無いことが、頭を巡っては消えていく。

私は目標にしていた最後の大会でそこそこの成績を収めて、未練なく教室を辞めた。

中学でも続けるものだと思っていた師範はすごく残念がっていたけれど、もともと護身用に始めただけだったからママも大賛成だ。

ひょっとしたら月謝がかからなくなったことに安堵していたのかもしれない。

小学校を卒業して中学に入ると、がっちゃんにはちょっと内気でピアノが上手な彼女ができた。小柄で、可憐で、私とは面白いくらいに正反対。

どんな敵がいても守ってやるんだ！　といつも自慢げだった。

勉強を始めたのは、ちょうどその頃だ。短かった髪は手入れもしないままだらだらと伸びていき、視力はどんどん落ちていった。

＊＊＊

家に帰った私は、スマホをタップして画面を眺める。

本日追加された新しいアイコンは、まさかのうさメロディだった。

ピンク色の頭巾を被った、所謂ゆめかわ系のキャラクターだ。

「何か、久しぶりに見たなぁ」

私はうさメロが苦手だった。理由はたくさんあるが、一番はがっちゃんの彼女が使っていたストラップを思い出してしまうからだ。キャラクターに似合う、守ってあげたくなるような女子に引け目を感じているからかもしれない。

『うさメロ好きなの？』

私の最初のメッセージには、既読がついてから一時間も経った後に返信が届いた。

『妹が好きなんだ』

『あ、妹がうさメロを好きって意味』

『僕は好きじゃないけど』

『別に嫌いでもないよ』

最初の一通目には一時間もかかっていたのに、今度は立て続けにメッセージが届いて驚く。それから、くすりと笑った。

平さんの、予想できない反応が面白かったからだ。

『私も嫌いじゃないよ』

どうしてアイコンにまでしたのか聞こうと思ったけれど、私のアイコンも適当に撮った空の画像だから意味はないのかもしれない。

＊＊＊

「決めました！」

凛々（りり）しくも涼やかな声に、クラス全員の視線が集中する。

「紅白競技に参加しない生徒は応援ダンス、もしくは混合リレーに強制参加です！」

ええー！　と、悲鳴にも似た抗議の声が上がる。

「現在も決まっていないのは、私たち五組だけですよ。他の組は昨日の段階で話し合いが終わっています」

淡々と仕切っている委員長は、松田（まつだ）さんという文芸部員だ。

黒縁眼鏡に細い三つ編みと大人しそうな見た目をしているけれど、実際はハキハキしていてかなり気が強い。

二日間にわたっても進まない話し合いで、相当苛立（いらだ）っているのだろう。

うーん、と私は心の中だけで唸る。

応援ダンスかリレーなら、断然リレーだ。

ダンスは覚える必要があるし、練習時間もそれなりに取られてしまう。

もともとは学ランを着ての応援合戦だったけれど、十年くらい前に廃止されてしまったらしい。

うちの高校はブレザーだから、学ランの用意や管理が大変というのもあるのだろう。どうせやらなければいけないなら、やっぱり本番で走ってスパッと終わるリレーの方が圧倒的に楽だ。

帰りが遅くなると、その分勉強や筋トレに支障が出てしまう。

私は日々のルーティンが崩れるのを、何より恐れていた。一度止まってしまったら、また始めるのに膨大なエネルギーが必要だからだ。

ふと思い立ち、説明事項が書かれたプリントを引き出しから取り出す。

体育祭自体は、全校生徒をランダムに振り分けた本格的な紅白戦が中心だ。

だからクラス対抗の応援ダンスと混合リレーは得点に入らない。

運動が苦手な生徒は目立つのが嫌だからと急いでダンスを選択していたけれど、私はリレーを希望していたのでのんびり待っていた。

足が速い運動部の男子なんかは、一番得点の高いラストの紅白対抗リレーに参加することが決まっている。だから混合リレーはみんなが心配するほど目立ちはしないし、言ってしまえばお遊びみたいなものだった。

「なぁんだ、あんたもダンスなの？」

やめておけばいいのに、珠理は飽きもせず平さんにちょっかいをかけている。

「そういう君だってダンスじゃないか」

「私はダンスが得意だからこっちにしただけ。足が遅くて仕方がなく選択した平凡さんとは違うのよ！」

あれから珠理は、クラスでの猫かぶりを綺麗さっぱり辞めてしまった。

まだ驚いている生徒もいるけれど、私としては今の方が彼女らしくて好きだ。

「僕にときめく女子が～とか何とか言ってたくせに、やっぱり口だけだったのね」

今日もフランス人形みたいな金髪をふわりと流した珠理が、にやにやとした顔で平さんを見下ろしている。

「でも確かに、一理ありますね」

間に入ったのはまさかの委員長だ。黒縁の眼鏡がキラリと光る。

「集計したところ、残った生徒のほぼ全員がダンスを選択していました。ダンスの人数が多いに越したことはありませんが、これでは混合リレーの人数が足りません。最初からダンスを選択してくれていた協力的な方々を、こちらとしても優先したいと考えています」

淡々と黒板の前に歩いていった委員長が、白いチョークで混合リレーの参加者名を書いていった。

十人出なければならないところが、まだ六人しか埋まっていない。

「ダンス選択は先着順とします。遅かった人は、タイムに関係なくリレーで」

「おい！　横暴すぎるだろ！」

男子の一人が声を上げたが、委員長は少しも怯まない。

だったら最初からちゃんと話し合いに参加すれば良かったんですよと言って、彼の机に置いてあったスマホのゲーム画面をタップした。

「ああっ！　何すんだ！　俺の庭が！」

「黙りなさい。あなたは仮想現実に取り憑かれたナメクジ人間です」

「ナ、ナメクジ⁉」

「画面に指の腹を這いつくばらせて生きているだけの、何の生産性もない人間だということです。塩をかけられたくなかったら大人しく従いなさい！」

「ヒッ」

「皆さんも、いいですね？　委員長は私ですよ。このクラスで一番の権力者です。とっても偉いんです。わかりますね？」

ギロリと睨まれた男子が、尻込みをして席に着く。

委員長は体育祭の運営にも関わる人物だから、逆らっても碌なことにならないのは目に見えている。

黒板には、すぐに彼の名前が記載された。

残りは誰だ？　と、まるで犯人捜しのようにクラス中が視線を彷徨わせている。

堪らなくなったのか、怯えながら手を挙げた女子に委員長が微笑んだ。

先程のやりとりを見ていた彼女も、誤魔化すのは難しいと考えたのだろう。

「次は後藤さんですね。それで、平さんはどうしますか？　紙はまだ未提出のようですけど……」

「どうしますかと言われても……僕に選択権はないのだろう」

「ご名答」

黒板には平凡の平の字が記載された。

「最後は誰ですか？　男女比を考えると、もう一人女子から選ばなければなりませんよ。言わないとタイムに関係なくアンカーになります」

「アンカーこそ、あんたがやったらいいじゃない。女子にキャーキャー言われるのが本望なんでしょ？」

「君は本当に理解力がないんだね。恋人が怖いと言っている僕が、アンカーなんて目立つポジションを与えられたら一体どうなるか。また告白されたら、そのとき責任を取れるのかい？」

彼女だって可哀想だろう、と言って指差された私は、思い出したように立ち上がった。

「あ、最後は私だよ！」

たかねちゃん、可哀想に、といった声が聞こえるが、私は最初からこの位置を狙っていたので問題ない。

「アンカーも私でいいから」

ごめん、と慌てて謝ると、納得した委員長が決まりですねと眼鏡を押し上げた。

「以上で、体育祭におけるクラス対抗競技についての話し合いを終了します」

全員が、ほっと安堵したのは言うまでもない。

「このあとは、休み時間を使ってダンスとリレーそれぞれでリーダーを決めてください。ダンスチームは曲を決めて振り付けの練習日程を提出。リレーは順番が決まったら報告をお願いします。期限は明後日です」

凛々しい委員長の言葉に、教室がしんと静まりかえる。

次の瞬間、見計らったかのようにチャイムが鳴った。

＊＊＊

「え、北条(ほうじょう)くんって紅白リレーのアンカーなの?」

「すごーい！　さすがテニス部のエースだね」

マキとぽんちゃんの声が昼休みのテラスに響いた。

まだまだ暑いから、生徒のほとんどは教室でお弁当を食べている。しかし今日は晴れているとはいえ風があり、過ごしやすいからいいんじゃないと、おぐちんからの提案だった。

テラスは三年の教室がある一階に位置しているため、一年生で利用している生徒は少ない。

にもかかわらず私以外の誰一人として物怖（ものお）じしていないところは、さすが一軍と言えるだろう。

「最初に聞いたときには驚いちゃった。ピ、紅組で一番速いんだって」

ピ、というのは彼女だけが特別に呼んでいる北条くんのあだ名だ。

彼ピのピではなく、初デートで食べたチョコレートアイスの頭文字を取ってきたものらしい。

そんな彼氏の大抜擢（ばってき）に照れているおぐちんだが、どこか自信にあふれた口調もまたおぐちんらしかった。

当日はきっと、彼女の声援が誰よりも大きく響き渡ることだろう。

体力があるのはすばらしいことだが、あいにく私は足の速さに魅力を感じない。

足が速いだけでは強くなれないし、食べていくこともできないからだ。

それでキャッキャ言っていられるのは小学生くらいまでだろう。

とは、さすがに思っていても言えない。

私はとりあえずおぐちんの気分を害さないよう、すごいねぇとありきたりな感想を零（こぼ）した。珠理もへぇ、と言ったきり何も返さない。

流行りのショート動画のサイトを、スマホでスッススッスと弄っているくらいだ。さすがにまずいと思ったのか、マキやぽんちゃんが声量を上げる。

女子は年齢やグループを問わず、常にマウントの取り合いだ。

本性が表れて地位が揺らぎつつある珠理と、まだ一年なのにテニス部のレギュラーを任されている恋人を持つおぐちんでは、後者に軍配が上がってしまうのも無理はない。

珠理は男子にも女子にも人気があったし、グループ内でも突出して目立っていた。

それがたった数日で形勢逆転だ。

私は面倒くさがりでずるいから、どちらの味方にもならない。

根っからの一軍女子とは違い、うっかり紛れ込んでしまっただけの私は二人の争いを最前列で眺めているだけの見物客に過ぎなかった。

マキとぽんちゃんも、派手な見た目の割には日和見だ。だいたいは力がある方に流れて、中身のない言葉で持ち上げるだけだった。

「それで？　たかねはどうするの？」

突然の問いかけに、私は固まってしまう。

観客参加型なら、最初からそうと教えておいてほしい。

「ええっと……どうするって？」

まさかどっちの味方をするのか、ここで決めろと言うのだろうか。

「平凡さんのことに決まってるでしょ。せっかく同じリレーチームなんだから、ここでぐっと距離を縮めて惚(ほ)れさせないと」

「ああ、そっち。でも私は一度フラれてるし……本当に好きってわけじゃないし、今もただの友達だよ」

「友達ってことは、スタートラインには立ってるわけでしょ。ガンガン押していかなきゃ落ちるものも落ちないじゃない」

北条くんの話などそっちのけの珠理に、おぐちんがむすっとしている。

すごーい、かっこいー、と言ってあげなければいけない状況にあることは誰もが察していた。

「じゃあ、何とか頑張ってみるよ！」

まずは、私が折れなければ……！　と無理に話を終わらせる。時間をかければかけるほど、おぐちんの機嫌も下降するばかりだ。

それからはお弁当に集中するふりをして、半分に切った煮卵をむぎゅっと口に詰め込んだ。

＊＊＊

「良かったら一緒に練習しない？」

ショートホームルームが終わり、先生が出ていったばかりの教室は放課後と言いつつもまだまだ賑やかだ。

私の早速の行動に、ちらりとこちらを見遣った珠理だけが満足そうに頷いている。

「……練習？」

「ほら、バトンの受け渡しとか。私たち、九走目とアンカーでしょ？」

順番は、昼休み直後の話し合いで決まったばかりだ。

私は必死に笑顔を作ったが、得点にもならないリレーの練習って何だよ！　と自分でも突っ込みたくなった。

せっかく拘束時間が少ない方を選んだはずなのに、これではダンスと変わらない。

「はあ、君は本当に僕が好きなんだね」

「あー……うん」

返答に困りつつも、仕方なく頷いた。

「ごめんね。友達なのに」

「構わないさ。なかなか割りきれないのが恋という病の厄介なところだからね。僕も怯えてばかりはいられないし、せっかくだから練習に付き合うよ」

「あ、ありがとう」

メッセージアプリでは意外と普通だったのに直接話すとちょっと、いや大分アレだな。会うと普通なのに、こってりしたメッセージばかり送ってくるパパとは正反対だ。

いや、ある意味では似たもの同士なのか？

悶々（もんもん）と考えながら、私は平さんと共に学校を後にする。

「初めて来たけど、広くて綺麗だね」

連れだってやってきたのは、学校近くの河川敷（かせんじき）だ。

グラウンドはサッカー部や野球部が占領しているし、隅の方で練習しようにも珠理が見張っていそうで恐ろしい。

適当にやってさっさと帰ろうものなら怒号が飛んでくるかもしれない。

練習にいい場所はないかな、と悩んでいるとまさかの平さんから提案があった。

「すごい、球場も大きいね」

川へと続く階段を下りながら、私は少しわくわくした気持ちで話しかけた。

広い場所を見ると、誰だってこんな気持ちになるだろう。

「休みの日には、少年野球の子が練習試合をしているよ」

「へぇ、平さんってこの辺出身なの？」

ふと、気になった疑問をぶつけてみる。いかにもインドアっぽい平さんが、河川敷の広場をチョイスすること自体が意外だったからだ。

「うーん、だいたいバスで二十分くらいかな」

「いいなぁ。うちは電車で二時間。距離もだけど、乗り換えが多いんだよね」

そこで一度言葉を切って、遠くにやっていた視線を戻す。

「だから……今日もあまり長居できないんだけど……」

「構わないさ」

私の通学時間を聞くと、大抵は長すぎない？　とか、どうしてこの学校にしたの？　と聞かれたりすることが多い。

そんなにも時間をかけるほど、特色のある学校ではないからだ。

強いて言えば、他校よりも少しだけ行事が盛んということくらいだろうか。

とはいえ取材がくるような学校ではないし、スポーツもテニスとアメリカンフットボール以外はぱっとしない。

しかし彼女は、それ以上何も尋ねてこなかった。本当に、私への関心が薄いのだろう。

「ここから向こうの白線までがだいたい二百メートルくらいだね」

足元のローファーを気にしながら、何度か屈伸する。

「平さんも私も制服だし、まずは軽めに腕試しって感じでどうかな」

今度は片腕ずつ前に、後ろにと回しながら調子を整えた。

「いいだろう」

「私はアンカーだから本当ならトラック一周しなきゃいけないけど、ひとまず二百メートルでゴールってことでいいかな」

「もちろんだ」

生真面目に学校指定の真っ白な運動靴を履いている平さんが、鞄を置いて位置に着いた。私も近くにスクールバッグを置いて隣に立つ。

昼間は比較的涼しかったが、少し日が傾き始めた今はやや汗ばむくらいの陽気だった。真正面から風が吹いていて、それがとても心地良い。

「準備はいい？」

一瞬クラウチングスタートにしようか迷ったが、私も平さんもバトンを受け取らなければならない立場なのでやめておいた。

「じゃあ行くよ！　よーい……ドン！」

私の声に、二人揃って駆け出した。

全速力で走るのは随分と久しぶりだ。早起きした朝は体力作りのためにジョギングをすることも多いけれど、そういうときは景色を見ながらのんびりと楽しんでいるから、周りを見る余裕すらもない状況が新鮮だった。

夏の名残を思わせる風を切ってぐんぐん進むと、もうあっという間にゴールだ。

「は、はやいなぁ！」

後ろから息切れ交じりの声がして、私は勢いのままに振り返った。何故か速度を緩めてしまった平さんが、とことことやってくる。

「か、軽めの、はぁ、感じじゃ、はぁ、はぁ、なかったの、かい？」

膝に手を付いて肩を上下させている平さんは、こんなにも短い距離なのに疲れ果てているようだった。

「よーいドンってなると、つい勢いづいちゃって」

えへへと笑った私は、ぜえぜえと息を切らしている平さんなどお構いなしに、また来たコースを全速力で戻る。

ちょっと体を動かしただけで、どんどん走りたくなってしまうから不思議だ。

ローファーのせいでつま先やかかとが痛いのに、全身の血液が一気に巡る瞬間の気持ち良さは何ものにも代えがたい。

道場の周りをたくさん走っていた小学校の頃を、つい思い出してしまった。

「は、はぁ……ま、まっ、ちょっ、待ってくれないか」

再びぜえぜえと言いながら、同じように走ってきた平さんが倒れ込む。

走っている最中のピンと伸びた姿勢だけはいいのに、全然前に進んでいなくて驚いた。

「大丈夫？」

よく見ると、長い前髪が汗で額に張り付いている。膨らんだ汗の一粒が頬を伝っていく様を、私は何故か夢中で見ていた。

もうすぐ、右の目が見えそうだ。

不意にそんなことを思って手を近づけた私に、平さんが慌てて顔を背けた。

「あ、ごめん……うっかりしてた」

恋人が怖いのだから、触られるのだって嫌に決まっている。

しかも相手は、自分に告白をしてきたクラスメイトだ。過剰なくらい警戒されて当たり前だろう。

「……君は本当に、ついとか、うっかりが多いね」

ゆっくりと立ち上がった平さんは、ようやく息が整ったのか落ち着いた様子で遠くを見ていた。

黄昏（たそが）れてはいるが、ちっとも格好がついていないのが平さんらしい。

「今更だけどさ……その、すごい運動不足じゃない？」

「不足していなくてもこの程度だ。僕は体力より知力派だからね」

「あー……うんうん、なるほど。でもこれじゃ女子の心は摑めなくない？」

珠理みたいなことは言いたくないけれど、さすがに黙ってはいられない速度だ。

とはいえ、彼女は別に誰の心を摑む気もないのだからそれでいいのか、と妙に納得する自分もいる。

「速度と好意は比例しない。僕は体育の教科書みたいに姿勢良く走るから、その美しい姿を見た女の子たちを骨抜きにしてしまう可能性がとても高いんだ」

考えただけでも恐ろしいよ、と言いながらぶるりと両腕を抱きしめるように震わせた平さん。

だが、その額からはまだ汗が伝っていた。

「一応、百メートルのタイム聞いてもいい？」

「…………二十秒だが？」

「に、にじゅう⁉」

それは私が小学校低学年のときのタイムと同じだ。

「ちょっと、本気で練習しない？　このままだと、また珠理に何か言われちゃうよ」

「マジ練か。ふむ……確かに早見さんは僕のことを放っておけないタイプだからな」

何か考え込むように、平さんが顎に手を当てる。

「気持ちには応えられないのにこれ以上ちょっかいを出されても困るし……いいだろう」

私はほっとした。もはやバトンの練習どころではない。

自らアンカーを名乗り出てしまったのだから、そこそこの結果くらいは残したかった。

忘れていたけれど、私は負けず嫌いだったんだ。

「明日から朝練しよう。私、五時には起きてるから始発で来るよ。七時半に河川敷で待ち合わせね」

「早いな……朝はちょっと苦手なんだが」

「文句言わないの！　隙がないくらいの走りを見れば、珠理だって文句言えなくなるよ。また恋人候補が一人減るんだから、それでいいじゃん」

何だかわけのわからない理屈だが、平さんは平然と納得してくれたようだった。

リレーの練習なんて最初はどうなることかと思ったが、結果としては良い方向に進みそうで安心した。

家が遠くなければ、日が沈むまで特訓したいくらいだ。

『ありがとう』

帰りの電車で、そんなメッセージが届いて私は目を瞬(まばた)かせる。

いや普通かよ！　と思わず突っ込みたくなってしまうほどだ。

このしおらしさが、どうして会ったときには消失してしまうのだろう。

＊＊＊

翌朝、平さんはきちんと時間どおりにやってきた。

「おはよう、高嶺さん」

「おはよ、平さん」

待ち合わせをした階段の側で挨拶を交わし、河川敷へと降りていく。

今日は二人して、学校指定の体操着だ。ダサい運動靴も履いてきた。

結局これが一番動きやすいのだから仕方がない。

昨日走っていたコースの周辺では、中学生くらいの女子たちがテニスラケットを持って素振りの練習をしていた。

私たちは迷惑にならないよう、少し離れた芝生ゾーンにやってくる。

まだ寝ぼけ眼の彼女を座らせて、一緒に柔軟をするためだ。

「何だか、こういうのもいいな」

「え？」

「友達っぽいし、青春って感じだ」

「ふふっ、青春する前に、体硬すぎ問題を解決しないと……ほら、脚開いて」

「ぐえええええ」

背中を押し込むと、カエルが潰れたような声が聞こえてきた。

昨日、もしも全速力で走っていたら怪我（けが）をしていたかもしれない。それほど彼女の体はがっちがちだ。

手足もひょろっとしているし、触った感じでは筋肉の一つもない。

今度は肩を摑んで、体を右側にぐーっと倒していった。

「いだだ！　裂ける！　裂けるうう！」

「大げさだなぁ」

にこにこと返事をしながら、私はちょっといじわるな気持ちにもなっていた。

珠理ほどではないが、平さんを構いたくなる気持ちはわかる。

何というか、反応が面白いのだ。このままいじめ続けたら、一体どうなってしまうのだろう。

「そういう君はどうなんだよ！　僕ばっかりぐいぐいしてあんまりじゃないか」

「柔軟だから、ぐいぐいはするよ」

「もういやだ！　攻守交代だ」

そう言って立ち上がった平さんに、私はふふんと自信をあらわにして座った。

「ひぇ⁉」

開脚したまま、芝生にぺたーんとくっついた上半身を見て平さんが驚いている。

背中に置かれた手の力がわずかに強まるが、私はちっとも痛くなかった。

空手教室に通っていた頃から、柔軟は欠かしたことがない。私の体は常にぐにゃぐにゃだ。

「君は軟体動物だったのかい？」

「平さんはカエルみたいだったね」

「フッ……そんなところも素敵だと思っているんだろう？　爬虫類好きなんて珍しいね」

「カエルは両生類だよ」

「ああ言えばこう言うところはどうかと思うな⁉」

柔軟は終わりだ、と切り上げた平さんと、今度はジョギングに繰り出した。河川敷に用意された遊歩道沿いの専用コースだ。

「僕は先に行くよ」

そう言って勢いよく走り出した平さんだが、彼女が走っていたのは最初の二キロ、いや、一キロもなかったかもしれない。

五キロのコースを半分も行かないところでしゃがみ込んだ平さんが、おーいと情けない声で私を呼ぶ。

「今日はこのくらいで勘弁しておいてあげよう。君も、あまりに頑張り屋な僕を見たら惚れ直してしまうだろうからね」

「正直に、疲れたって言えばいいのに」

私は笑って、彼女にペットボトルを差し出した。こんなものを持って走っていたのかと驚かれたが、ジョギングのときに水は欠かせない。

平さんが半分ほど飲んだペットボトルを受け取った私は、ごくごくと喉を鳴らしながら残りを飲み干した。体が潤ったところで隣を見ると、平さんが目を見開いて驚いている。

「君こそ、正直に言えばいいのに。間接キスがしたかったって」

「え⁉　ち、ちが……！」

「大丈夫大丈夫。僕は友達としか思っていないから、もう怖がったりしないよ」

目を細めて、あやすように肩をぽんと叩かれる。

私は今初めて、むきーと顔を赤くする珠理の心理がわかったような気がした。

次からは、ちゃんと二人分のペットボトルを持って走ろうと、固く心に決めた瞬間だ。

＊＊＊

自宅周辺は、夜遅くなると変な人が現れる。

私はフィジカルもメンタルも強いので問題はないけれど、相手に怪我をさせるのは好ましくない。

空手の有段者として、師範の顔に泥を塗るわけにはいかないからだ。

つまり何が言いたいかというと、放課後はあまり時間が取れないせいで朝練がどんどん増えていったということだ。

夜のルーティンを変えたくなかったというのも若干ある。いや、大いにある。

体育祭一日のためだけに、勉強量が減ってしまうのも嫌だった。

「これなんだけど……」

トレーニングのメニューを書いたルーズリーフを、平さんに渡す。

今回考えたメニューは、現役の体育コーチが動画サイトに上げていたトレーニングを参考にした。

足が遅い小学生が、一等賞を取るまでの練習法だ。

彼女は持久力もないし体幹も弱い。走っているとバタバタ音がするし、姿勢はまっすぐなのに上下ではなく左右に体を揺らしながら走っているから疲れやすいのだろう。

基礎は大事だ。

とはいえ本番までは二週間しかないし、付け焼き刃に終わる可能性も充分ある。

けれど筋肉は裏切らない。続けていれば体育の授業なんかでも活躍できるはずだから
と、私は平さんに筋トレを勧めた。

「本当に、この内容を全部熟（こな）すつもりなのかい？」

考えられないといった口調の平さんに、私は自信満々で頷いた。

筋肉は、この世のすべてを解決する。

だから平さんも怖がらなくていいんだよ、と私は生温かく微笑んだ。

「ふふっ。小学生用のメニューをちょっと改造しただけだからね。腕立て伏せも腹筋もスクワットも、全部一緒にやってあげるから」

「そ……そういう問題ではないというか」

「じゃあ、時間ももったいないし、早速始めよっか！」

座り込んでいた平さんの肩を正面から押して仰向けにさせた私は、回り込むようにして彼女の曲がった膝を押さえた。

「いくよー？　いーち、伊藤博文（いとうひろぶみ）！　にーい、黒田清隆（くろだきよたか）！　さーん、山縣有朋（やまがたありとも）ぉ～」

「ストップストップ！　何だいそれは⁉」

「え？　受験でやらなかった？　歴代内閣総理大臣で腹筋と腕立てするの」

「やらないよ！　特殊すぎるって」

「でも体を使いながらやると覚えやすいんだよ。一石二鳥じゃん！」

「た、確かに……？　なのか？」

「はいはい、休まない！　よーん、松方正義（まつかたまさよし）！　ごーお、伊藤博文ぃー！」

「同じ人が何回も出てくるじゃないか！　やっぱわかりにくいって」

「じゃあ元素記号バージョンにする？　回数はちょっと増えちゃうけど」

愕然（がくぜん）とした顔の平さんが、もういいと言って腹筋を再開する。

こう見えて、意外と有言実行タイプらしい。

　それでも残念ながら五十回ほどで断念した平さんと交代した私は、彼女の倍のスピードでいつもどおりのノルマを達成した。

「すごいな。本当にやり遂げてしまうなんて……筋肉留学でもするつもりかい？　いや、この知識があれば東大だって夢じゃないな。クイズ王にだってなれるぞ」

「あはは、私の夢は公務員だよ」

　怪訝(けげん)そうに首を捻(ひね)った平さんから顔を背け、ふっと上を向いた。

　本当は、もっと色々な夢を見ていた時代があったのかもしれないが、今となっては一つだって思い出せない。

　青い空を、小さな飛行機が横切っていく。

「うちの高校、公務員試験の合格者が多いの。二年から就職クラスに行けば専門的な対策や勉強もできるんだよ」

「へぇ……知らなかったな。高卒で受けられるんだね」

「もちろん大卒なら公務員の中でも選択肢が広がるけど、うちは母子家庭だからあまりお金もかけられなくて」

　近場でも就職率の良い学校はあったが、知り合いが通っていそうなところは避けたかった。

　また、ママのことであれこれ噂(うわさ)されるのが面倒だったからだ。

その分交通費などの面で負担をかけることにはなったから、余計に頑張っているというのも事実だ。

「これはすまない」

「え？」

「その、踏み込んだことを……」

「私が勝手に話しただけだから気にしないで。パ……お父さんとも定期的に会ってるし、仲が悪いわけでもないから」

私は人前で、パパのことをパパと呼ばないようにしている。

それはママの前でも同じだ。ママが嫌な気分になるんじゃないかと思うと、どうしても口に出せない。

別にママと暮らしているからといってママの味方をする必要はないのにおかしな話だ。

私は押し黙って、今度は腕立てを開始する。

将来の夢はおぐちんにも珠理にも打ち明けたことはない。もちろんママもパパも知らない話だ。

別に秘密にするような内容ではないけれど、意図して隠していた自覚はある。

私が決めたことを、誰にも、何も言われたくなかったからだ。

それなのにどうして、平さんには話すことができたのだろう。

学校から離れた遊歩道の緑と、爽やかな風と、朝の澄んだ空気のせいだろうか。ちょっぴり嘘くさくて、常に芝居がかっている平さんなら軽く聞き流してくれるような気がした。

「何か、ごめんね」

「いや、僕の方こそありがとう。話してくれて……嬉しかったよ」

友達としてね、と念押しされ、私はつい苦笑してしまう。

「じゃあ、そろそろ練習を始めよっか」

「望むところだ」

びっちり詰まった朝練のメニューを必死になって熟したあと、私たちは揃って学校に向かった。

これから一日が始まるのだと思うと地獄のようだよ、なんて言っていた平さんだが、サボらずきっちり登校するあたり、見た目どおりに真面目な性格なのだろう。

私は中学も高校も帰宅部だけれど、もしも何かの部活動に励んでいたらこんな気持ちを味わえたのかもしれない。

誰かと一緒に頑張る、団体競技なんか楽しそうだ。

一年の二学期からでは、もうどうにもならないことだけれど。

へろへろの状態で教室に到着した平さんは、制服に着替える元気もなく、午前中の授業のほとんどを寝て過ごしていた。

次は、歴代アメリカ大統領くらいで勘弁してあげよう。

＊＊＊

「今日も一緒に来てなかった？」

朝練を初めて一週間ほどが過ぎた頃、席に着いた私のところに珠理がやってきた。

一年五組はどちらかというと騒がしい生徒が多いが、このときばかりは一瞬だけ教室が静まって視線が集中したのがわかった。

眉をつり上げた珠理の声が、不機嫌をあらわにしていたせいだろう。

私が平さんに告白してフラれたという話は、クラスのほとんど全員に広まっている。

けれど、誰一人として本気にしている人はいなかった。

いや、それも平さんを除いて、というべきか。

もちろん私自身も本気ではなかったので周囲の冷静な反応には助かっている。

何で告ったの？　とか、どこが良かったの？　などと聞かれたら対処に困ってしまうからだ。

珠理に命令されて面倒だったので従いました、なんて言えるはずもない。

平さんを傷つけるようなことも、したくなかったからだ。

私は少し丸まった彼女の背中を気にしつつ、声の音量を絞ってリレーの練習だよ、と珠理に伝えた。

「だからって毎日やることなくない？」

「柔軟、筋トレ、ジョギング、最後には本番を想定して全力で走ってるよ。タイムも測ってるんだけど、短期間なのにめっちゃ成長しててすごいんだから」

「たかねの役割は、あいつを落としてこっぴどくフることなのよ」

珠理の声は低い。

私からの意見など、到底受け付けられないといった態度だ。

「わかってるけど……今は体育祭の方が大事でしょ」

せっかくここまで練習してきたのだから、ある程度の成果は出したかった。珠理の計画にだって、心から賛同していたわけではない。

「まさか……たかね、本気じゃないわよね」

「え？　本気も本気だよ！　リレーなんて、速い方がいいに決まってるんだから」

「ふうん」

上向いたまつげと、その奥にある黒目がちなカラコンが私をじっと見つめている。新しく買った香水だろうか。近くには甘ったるい果実のような匂いが漂っていた。

《第二章　疾走する花よ》

いよいよやってきた体育祭当日は、雲一つない快晴だった。

しかし残念なことに、二日続いたどしゃぶりのせいでグラウンドのコンディションは最悪だ。

天候のせいで昨日と一昨日は朝練もできなかったから、平さんの仕上がりがどうなったのかはわからない。

メッセージアプリで筋トレと柔軟は続けてね、と送ってみたけれど「問題ないさ」の一点張りだった。

「……心配だなぁ」

私は思わずぽつりと呟きながら、風にたなびく万国旗を眺めた。

現在は、紅白それぞれのはちまきを結んだ体操着姿の生徒たちが、東西のテントに分かれている。

やけに行事が盛んな高校だとは思っていたが、体育祭実行委員に関しては五月の連休から準備を始めるのだと聞いて驚いた。

昨今の情勢から廃止に追い込まれかけた騎馬戦も、ルールや範囲などを改定して行われる予定だ。

いつもは流している長い髪をお団子にまとめたおぐちんは、紅組の彼氏と離ればなれになって寂しいらしくちょっと拗ねている。

おぐちんの世界の中心は、いつだって北条くんだ。

しかしそんな彼女も、借り物競走では大活躍だった。

お題はこんにゃくだ。

美術の先生のお弁当の中に入っていたピリ辛こんにゃくが婚約者の手作りだとわかって、マイク前では随分と盛り上がった。

生徒の一人一人が一度は活躍できるようなプログラム作りがなされているのも、うちの体育祭の特徴だ。

おぐちんはもちろん、マキもぽんちゃんも運動神経が悪くないからか、皆競技には真剣で、適当に手を抜くようなこともなかった。

私はこのグループに対してちょっとした偏見を持っていたが、それが払拭されただけでも良かったと素直に思う。

確かに一部の生徒にとっては最悪の行事だが、うるさいほどに騒がしいお祭りみたいな空気は嫌いじゃなかった。

そうしていいよ、プログラム中盤。

クラスの話し合いで揉(も)めに揉めていた応援ダンスが披露される時間だ。

どちらかというと運動が苦手な生徒が多く参加しているということもあって、練習は密に行われていたらしい。

大変だったよね、と話すクラスメイトたちの声を聞きながら、私はやっぱりリレーで良かったとほっとした。

そのとき「おおおお！」と歓声が上がる。

五組のパフォーマンスは完成度が高く、文句ばかり言っていた生徒もきちんと練習に参加していたのだと思うと何だか微笑(ほほえ)ましくなる。

私は小学校でも中学校でも、あまり行事を楽しめなかった。

小学校では習い事を優先していたし、中学では勉強を優先していたからだ。

もちろん、それを寂しいと思ったこともない。

しかし心のどこかでは、何かぽっかりと穴が空いたような感覚に陥っていたのだろう。

第一志望の高校に入学できたことで、私はようやくほっとした気持ちで学校生活を楽しめているような気がする。

「続いては、クラス対抗の男女混合リレーです。参加者の皆さんは、グラウンドの中央に集まってください」

アナウンスをしている放送委員の淡々とした声が響く。

私はトラックに沿って集合場所に向かったが、案の定ともいうべきか外周は乾ききっていない土が盛り上がっていたり凹んだりしていて酷い有様だった。

私はアンカーだから、グラウンドを一周することになる。カーブでは特に気をつけようと思いながらクラスごとの列に並ぶと、先に来ていた平さんからへーっくし、と豪快な音が聞こえた。

「どうしたの？　こんな暑い日にくしゃみなんて」

後ろから声をかけると、振り返った平さんが何でもないことのように鼻先を擦る。

体操着をぴっちりとズボンに入れているのに、少し背中が曲がっているからかいつもより余計にひょろっとして見える。

何よりこの髪型だ。

おぐちんのようにお団子にでもしていれば、少しはすっきりとした気持ちでリレーに挑めるのではないかと、ついそんなことを考えてしまう。

「花粉だよ」

「こんな時期に？」

「ほら、河川敷とかに生えてる雑草があるだろう。アレが駄目なんだ」

「あー……ブタクサだっけ？」

「まあ、競技に支障はないさ。今日は最高の走りを見せるつもりだよ」

無い胸をバンバンと叩いた平さんは、ちょっと、いやかなり自信満々だ。

私は少し嬉しくなって、そうだねと頷く。

「練習どおりにいけば、珠理もきっとびっくりするんじゃないかな」

「しかし困った。これでは別の女性の心をも奪ってしまうかもしれない。僕は全く罪作りな人間だよ」

くすりと笑った私は、そうだねと言って彼女の背をぽんと叩いた。

まだ走ってもいないのに、背中がしっとりと汗ばんでいる。意外と、緊張しやすい体質なのかもしれない。

ふと、道場での記憶が蘇る。

私も最初の頃は、一つひとつの試合に心臓を高鳴らせていた。けれどいつからか、その緊張すらも楽しめるようになったのだ。

私は習慣化したことをひたすらに、つつがなく繰り返すのが好きだったので、空手では本番よりも練習が好きだった。

しかし不思議なもので、練習を積めば積むほど本番にも強くなる。

あの頃の私は、心から稽古を楽しんでいた。そのことを思い出すことができただけでも、平さんとの朝練には大きな意味があったのかもしれない。

最初はへろへろですぐに歩いてしまっていた平さんも、十日ほどで五キロの距離を走れるようになった。柔軟も、前よりは五センチくらい伸びるようになった気がする。

カエルみたいな鳴き声は、相変わらずだったけれど。

ふっと、思い出すだけで笑みが零れる。

セットでやっていた腹筋なんかは、随分と成長した。最後の方には、第六十代の池田勇人までは数えられるようになっていたからだ。

「第一走者、第二走者の皆さんは、位置に就いてください」

最初は一年生だ。一組から五組までが一斉にスタートして十人でバトンを回す。

しばらくすると、実行委員の男子がやってきた。

さすがに緊張した面持ちだ。

彼が片耳を押さえると、ピンと空気が張りつめる。掲げたスターターピストルがパァンと鳴り響いた。

「行け――‼　三組ー‼」

「菅井くん頑張ってー！」

周囲に集まっていた一年生が次々に声援を送る。

カバレフスキーの道化師のギャロップがかかって、私も思わずそわそわし始めた。

中学の運動会と同じ曲だ。天国と地獄に並んで、勝手に体が動いてしまう音楽の代表格だろう。

あの頃も、本番だけは本気で走っていた。瓶底眼鏡にボサボサ頭の女子が一等賞だったものだから、観覧に来ていた保護者の人たちまでびっくりした顔で驚いていたのを思い出す。

あれは、胸が空くような思いだった。

「ドキドキするね」

前にいた平さんに話しかけるも、彼女は乾いた笑みを浮かべるだけだ。

拳はぎゅっと握られていて、首筋には大粒の汗が滲(にじ)んでいる。

そのとき、一組の子がバトンを取り落とす。小さな悲鳴が上がり、私も手に汗を握ってしまった。

「バトンの受け渡し……もっと練習しておけばよかったかな」

「問題ないよ」

「でも平さん……すごく緊張してるみたいだけど……」

さっきも、バトンが落ちるのを見て肩を跳ねさせていた。

「緊張？　まさか。僕が恐れているのは恋人だけだ。このくらい何でもないさ」

振り返った平さんの頬は、何だか不自然に引きつっている。一人、また一人と抜けていくなかでついに最前列へと立った彼女に、私はそっと声をかけた。

「出番だよ」

平さんは九走目で、トラックの半周ほどを走ることになっている。

つまり、私とはスタート地点からして違っていた。何だかぎこちなく手足を揃えて歩いていく彼女からは、ぴりりとした空気が伝わってくる。

「が、頑張ってね！　練習の成果を楽しみにしてるから！」

「ままま任せてくれひゃまえ！」

めちゃくちゃ噛んでいたが、だからといって弱音を吐いたりはしない。

私は少しだけ、本当に少しだけ、格好良いな、と思った。

そうして固唾を飲んで見守っていると、目の前で構えていた八走目の後藤さんが四位でバトンを受け取った。

このまま行けば、平さんもプレッシャーを感じずに走ることができるだろう。他の組を見ていても、今のところ足の速い生徒はいない。

タイムが良ければ紅白リレーに回されてしまうので、当たり前と言えば当たり前だ。

最後尾だった二組の男子が追いついてバトンを渡しかけたところで、助走を始めた平さんも後藤さんからバトンを受け取った。

「よし！」

思わず声を上げてしまう。後は、練習どおりに走りきるだけだ。

相変わらず背筋がピンと伸びているが、以前よりも軸がぶれていないし膝がしっかりと上がっていて確実にスピードが出ている。

ちょうど他の組の走者も女子だったおかげで、平さんは意外にも二組を引き離すと四組もぐんぐんと追い越してしまった。

驚いたのは応援席にいた五組の生徒だ。

彼女は体育の授業でも、これまで目立った成績は残していない。

競技決めでわかりやすくハッタリをかましていた平さんが、真剣な顔で颯爽と駆け抜けるとは思っていなかったのだろう。

啞然としている珠理の顔を見て、正直言葉にならないほどスカッとした。

持久力のない彼女に負担をかけないよう、ラインすれすれでバトンを待っていた私に平さんが近づいてくる。

すごいスピードだ。あと少し。もう少し！

そう思ってぐっと左手を後ろに伸ばした瞬間、平さんが視界から姿を消した。

戸惑ったのは一瞬だ。すぐに視線を落とすと、足元ではずべしゃーっと盛大に転んだ平さんがゆらりとバトンだけを持ち上げているところだった。

すぐ横で、二組と四組の二人がバトンを繋ぐのが見える。

「任せて！　絶対負けないから」

私は平さんの返事を待つこともなくバトンを奪うと、全速力で駆け出した。

ぬかるんで盛り上がったカーブの土、水が捌けている代わりに乾いて凹んでいる場所。すべての位置は頭に入っている。

朝練では、私も一緒になって動画を見ながら走り方の研究をした。平さんを誘った私が、不甲斐ない結果で終わるなんて許されない。

息が上がる。

足が自転車みたいに回転して、このまくるくるとプロペラのように飛んでいきそうだった。

二組と四組の二人を追い抜くと、すぐに一組男子の背中が見えてくる。

遅い！　遅い！　道場だったら師範に怒られるレベルだ。私は一組の男子をあっという間に追い抜いて、ついには二位へと躍り出た。

アンカーは一周、四百メートルある。最初はカーブの先にいて果てしなく先に思えていた三組の男子がこちらを振り返る。後ろを気にするなんて、まだまだ甘い。

割れんばかりの声援に、背中を押される。そのときトラックの内側に控えていた平さんが見えてきた。

絶対、絶対に負けない。

しかし私が追いついたと思ったその瞬間、目の前の白いテープがふわっと揺れた。

一位を走っていた三組の男子が、そのまま逃げ切ってゴールを決めた瞬間だ。

あと三メートル、いや、二メートルもあれば追い抜いていたはずなのに。

「速い！　すっげー速いよ！　たかねちゃん！」

「こんなに貢献してくれるなんてびっくりです」

駆けつけてくるクラスメイトに交じって、北条くんや委員長の声がする。

必死すぎて自分の耳には届いていなかったが、放送委員による白熱した実況で周囲は大いに盛り上がっていたようだ。

私はトラックの内側にいたはずの平さんばかり捜していた。

どうしても、あの芝居がかった大げさな声を聞きたくなってしまったからだ。

＊＊＊

校舎裏にある水道が並んだ手洗い場に彼女はいた。

転んだり、怪我をした生徒は運動場や救護テントにほど近い手洗い場を使うから、まさかこんな場所にいるとは思わなくて驚いた。

泥だらけの運動靴と靴下を脱いで、片方の足を水にさらしている。

「ごめんね」

「どうして君が謝るんだい？」

謝るなら僕の方だろうと、しおらしい言葉が聞こえてきて目を見張る。

「一番になれなかったでしょ。任せてって言ったのに……絶対追いつけるって思ったのに」

悔しいという気持ちをぎゅうぎゅうに煮詰めて固めて、私はもう一度ごめんねと謝った。

彼女の片方の瞳が、柔らかく細められてこっちを見ている。

いつものじっとりとした目つきではなく、慈しむような、優しい眼差（まなざ）しだった。

ドクンと、嘘（うそ）みたいに心臓が揺れて自分でもびっくりする。

「君はすごいよ。僕がこけたりしなかったら間違いなく一位だった」

「でも、平さんが追い上げてくれなかったら二位にもなれなかったよ」

私の言葉に平さんは驚いた顔をして、けれどすぐにまた下を向いた。

ばしゃばしゃという水音だけが、辺りに響いている。

「怪我、大丈夫？」

私は間を埋めるために、怪我について尋ねた。どうしてか、広がりゆく沈黙が怖かった。

「すべては演出さ。あのままバトンを渡してしまったら、今頃は女の子たちが長蛇の列を作っていただろうからね」

「ふふっ、そっか」

そうだね、と私は頷きながら、彼女の濡（ぬ）れた右足を見る。

「あれ？　怪我をしたのって左足じゃなかった？」

近づいていった私に、平さんが動揺して後ずさる。そのとき、わずかに顔を顰めた平さんがよろめきそうになったのを、私が反射的に横から引っ張った。

平さんはひょろっとしているが、身長自体は私とほとんど変わらない。それなのに掴んだ手がやけに小さくて細くて驚いた。

それに一つ、おかしなことがある。

さっきまで水に触れていたというのに、彼女の肌はびっくりするくらいに熱かった。

「こ、困るんだが」

私はすぐに、ごめんと言って大げさに手を離す。

長く触っていたことすらも無意識だったから自分でも困惑した。

「君は本当に、僕が好きなんだね」

誤魔化すように呟く平さんを無視して、私はしゃがみ込んだ。明らかに様子が、というよりも動きがおかしかったからだ。

「もしかして、左足をかばって反対側を捻ったとか？」

「いや……」

「じゃあ、どうしたの？　見せて」

そう言って無理矢理平さんの右足に触れる。驚いて持ち上がった彼女の足の裏は、痛々しいほどに腫れていた。

　おそらく、複数のマメが潰れたせいだろう。火傷(やけど)のように赤くなっている箇所もある。

「もしかして……朝練のせい？」

「いや、自主練のせいだよ。昨日と一昨日、雨だっただろう？　靴が濡れて滑るのも気にせずに走っていたらこのザマだ」

　え、と声を上げた私は、再び立ち上がって彼女に迫った。もう、いちいち気を遣っている場合ではない。

　次に触れたのは額だ。前髪を持ち上げたせいで、あどけない両の瞳があらわになる。

「や、やめ――」

「静かに」

　さっきの手の温度は、リレーを終えた後だとしてもやはり熱すぎる気がした。

「やっぱり……ひどい熱」

　こんなことになるなら、外での練習はしないようにとしっかり伝えておくべきだった。

　まさか平さんが、ここまで本気だったなんて。

　注意される前に手を離した私は、彼女の前で背中を向けて片膝をついた。

「君……これは一体、どういうつもりだね」

「見ればわかるでしょ？　おんぶだよ。おんぶ。私、こう見えても力があるから大丈夫。その足じゃ救護テントまで歩けないでしょ？」

いやいや、冗談じゃないと拒んだ平さんが、靴を履こうとして痛みにあえぐ。あひぃん、という情けない声だ。

怪我と熱とで、立っているのがやっとなのかもしれない。

だったら尚のこと、今すぐにでも彼女を運ばなければならない。責任は、私にある。

「乗って」

「わ、悪いが遠慮するよ」

「駄目。今すぐ乗らないと、お姫様抱っこで無理矢理連れていくから」

「お姫様抱っこ⁉」

「私、空手やってたの。こう見えても黒帯なんだよ。平さんがいくら抵抗したって、首の後ろを手刀でトンってするだけで終わりなんだから」

なに⁉ と大げさに動揺する声がする。

本当のことを言えば、手刀自体大したことはない。もちろん、漫画やアニメのように気を失うほどの技ではなかった。

鎖骨打ちでも怯ませるくらいしかできないから、とても実践的とは言いがたい。

それでも、平さんが納得する程度の効果は得られたようだ。

「重くて立ち上がれなくても知らないからな」

宣言し、私の背に恐る恐る乗っかってくる平さん。

両手をしっかりと添えて立ち上がった私は、二、三歩歩いて頬を緩めた。

「軽い軽い。筋肉のきの字もないね！　このままグラウンドを走れるよ」

「少しも嬉しくないフォローをありがとう」

「ごめんって。でも、告白してくる子は減るんじゃない？」

「君が妬まれて、いじめられやしないか心配だから……どうかやめてくれないか」

私はくすりと笑って歩き出した。

背中が熱い。腕が熱い。私の胸も、何だか熱くなっていた。

見て！　今日こんなにも頑張った平さんだよ！　私の自慢なんだよ！

そんな風に言って、駆け回りたいくらいだ。

「平さん、本当に格好良かったよ。すごく速かったし」

グラウンドへと続く階段を慎重に下りながら、私はぽつりと呟く。

「いいのかな。練習でもさ、あんなに頑張ってたところを、私だけが独り占めにしちゃって」

「別にそこまで頑張ったわけではないが……また好きにさせてしまったなら申し訳なく思うよ」

やれやれと、首を振っているのがわかる。

長い前髪が首筋に当たって、やけにくすぐったい。

ボロボロな状態で背負われながらも強がっている平さんは、あまりにも健気(けなげ)で可愛(かわい)かった。

『デートが怖いんだ』

平さんからそんなメッセージが届いたのは、体育祭から一週間が経った土曜日の朝のことだ。

私はしばらく考え込んだ後で通話マークをタップする。

意味がわからなかったからだ。

「送り先間違えた？」

「いや。僕が登録しているのは家族と君だけなんだから間違えようがないじゃないか」

何故か自信満々な態度で小馬鹿にされたが、ちょっぴり悲壮感が漂っているのも否めない。

といっても、私だって友達が多いわけではない。小中にいたっては、連絡を取っている人などゼロに近かった。

「それで、デートが何？」

「もしも彼女ができたら、デートとやらに行かなければならないのだろう？　考えただけでも恐ろしくて震え上がりそうなんだ」

　はぁ、と曖昧な相槌(あいづち)を打つ。

　やっぱりメッセージでのやりとりにしておくべきだった。

　直接の会話になると、平さんはどうにも遠回りをしがちだ。まどろっこしくて仕方がない。

「つまり、何が言いたいの？」

「克服するためにも、デートの練習をしようと思ってね。十一時に待ち合わせでどうだい？」

「え、今日？」

「もちろん」

「私が一緒に行くの？」

「当たり前だろう。他に誰がいるというんだ」

「でも、だって……フッた相手をデートに誘うとは思わないじゃん」

「君はもう友達だからね。それに僕は、君から誘われた朝練に散々付き合ったじゃないか。今度は君が僕の練習に付き合う番だろう」

　確かに、言われてみればそうか。

　いや、そうなのか？

　一度は疑問符が浮かんだが、これ以上のやりとりは無駄だと思ったので素直に承諾した。

平さんの達者な口に丸め込まれる未来しか浮かばなかったからだ。

「じゃあ、後でね」

通話を切った後で気づいたが、私の家から学校までは二時間近くある。

現在の時刻は九時前だから、急いで支度をしたとしても遅刻ギリギリだ。慌ててクローゼットを開いた私に、追加のメッセージが届いた。

指定された待ち合わせ場所は、学校ではなく家から電車で十五分ほどの場所にある地下鉄の駅だった。

馴染（なじ）みのある繁華街が近く、百貨店や商業施設も充実している。

中学一年のときには、クラスの子とカラオケや映画に繰り出したこともあった。

「懐かしいな」

思わず独り言を零（こぼ）して、適当なデニムとTシャツに着替える。おしゃれにうるさい珠理（じゅり）たちなら別だが、平さん相手ならこんなものでいいだろう。

後は前髪を整えて、リップを塗って終わりだ。

「行ってきます」

昨日はかなり遅く帰ってきたからか、ママはまだ寝ている。

だから私は、一応といった感じで小さく声をかけ、静かに家を出ていった。

空にはうろこ雲がかかり、私を秋らしい気分にさせてくれる。

不意に、懐かしい気持ちになった。

小学校の頃の私はとにかく空手漬けの毎日で、稽古以外でも自主的に道場へ通っていたから、同性の子と遊んだ記憶はほとんどない。

しかし空手を辞めた後の私は、ボサボサ頭のガリ勉眼鏡になるまでは普通の女の子だった。

失恋という大きな壁はあったけれど、それなりにおしゃれを楽しんでいたし、お揃(そろ)いのヘアアクセにはしゃいだこともある。

入学してから数ヵ月というわずかな期間だけれど、青春らしきものを楽しむことができた貴重な時間だった。

周囲の目が変わったのは、一年の夏休み明けのことだ。

ママが夜の仕事をしていたときの画像や動画がネットで見つかり、クラス全員のグループチャットで広まったのが原因だった。

露骨にいじめられることはなかったが、遠巻きにひそひそと噂(うわさ)をされることは多かったし、もちろん遊びに誘われることもなくなった。

馬鹿な男子から卑猥(ひわい)な言葉を投げかけられたこともある。

しかし私はちっとも怯(ひる)まなかった。逆に、堂々としていたように思う。

いざとなったら、彼らをまとめてやっつけることができるからだ。

空手で培った自信は、私を強くしてくれた。

それから足りないものにも気づくことができた。生活の比重が勉強に偏り始めたのはそのときだ。

人はいずれ離れていく。友達だってそうだ。

愛を誓い合ったはずのママとパパも、揉めに揉めて離婚してしまった。

だが勉強は違う。空手と同じで、体や脳にしみ込んでいくし簡単には裏切られない。

どちらも両立できている今、私の心には更に大きな余裕ができた。

人によってはそれを隙間と言うのかもしれない。

つまり、私は退屈だった。

わくわくしながらやってきたのは、待ち合わせ場所のロータリーだ。

「ちょっといいかな……？」

あ、と思い、私は聞こえないふりで無視をする。

所謂垢抜けた私を見て、声をかけてくる連中はそこそこ多い。

最初のうちはもしかして困っているのかも、とか、道を聞きたいのかも、といちいち反応していたけれど、本当にそうだったなら「あの……」や「すみません」といった言葉が最初にくる。

だから今みたいな呼びかけのときには、まず無視をするのが基本だ。

それからも、ねぇねぇ、と言って私の注意を引こうとしたり、連絡先教えて、と言いながら視界を遮ろうとする輩もいた。

ああ、全員をぶっ倒す手段は持っているのに、何てもどかしいのだろう。

「高嶺さん！」

そのとき、少し慌てた声が私の名を呼んだ。

平さんだ。彼女は細すぎるスキニーパンツにだぼっとしたTシャツで、何だか私と似たような格好だった。

「平さん、おはよう！」

私もナンパ野郎たちを無視して、彼女の元に走り出す。

友達と待ち合わせなんて久しぶりと言うと、僕だって久しぶりさと何気ない調子で返されて嬉しくなった。

「その……いつも、ああなのかい？」

「え？」

「ナンパさ」

「いつもってわけじゃないけど……ときどきね」

「次は喫茶店とかで待ち合わせをするように気をつけるよ」

その言葉に目を丸くした私は、嬉しくなって「うん」と大きく頷いた。

次があるということも、素直に喜ばしいと思えた。

「早見さんたちとは、あまり遊ばないのかい？」

「んー珠理はまだないかなぁ。おぐちんはたまに誘ってくれるけど、それでも彼氏優先だし……」

マキとぽんちゃんに至っては、学校の外で会話すらしたことがなかった。

「意外だな。夏休みも？」

「うん。もともとバイトと勉強で忙しかったしね。だいたい珠理は平さん家の近所なんでしょ？　一緒の中学だって聞いたよ」

「あー……そういえば、そうだったかな」

「じゃあわざわざこっちの方までは来てくれないよ。私も休みの日に学校の辺りまで行くのは面倒だし……」

肩をすくめたところで、ふと隣に視線を傾けた。

「ねぇ、今日はどうしてこっちの方に来たの？　何かの用事のついで？」

「ふふ、今にわかるよ」

意味深に口の端を持ち上げた平さんが、私を繁華街の方へと連れ出した。

これまた嫌な男たちの視線をバンバン感じるが、私は平さんとできるだけ寄り添うようにして歩きながら、目を合わせないように気をつけた。

大通りの端に看板を掲げていたのは、昔ながらの古い演芸場だ。

もちろん存在は知っていたけれど、中に入ったことは一度もない。

木枠とアクリルで仕切られたチケットカウンターの奥では、五十代くらいの女性がタバコをふかしていた。

「学生二枚」

「学生証出して」

やや横柄な態度の受付に、平さんは気分を害した様子もなく生徒手帳を差し出した。その様子に、私も続く。

中身を確認することなくはいはいと頷いた女性が、昼の部と書かれた二枚をアクリル板の隙間からすっと寄越してくる。

「そこにあるのが番組表だよ」

平さんが、背後を指差した。

「番組？」

「これから行われる落語の出演者一覧さ。上が昼の部、下が夜の部だ」

まるで相撲の取組表みたいだった。

一度パパに連れていってもらったことがあるが、あまりの迫力に瞬きすらも忘れて見入っていたのを思い出す。

二階には特別公演用の広い席が用意されているらしいけれど、私たちが向かったのは地下一階だ。階段はやたらと狭く、急になっている。

隣にいるのが平さんでなければ、ちょっと怖くて進めなかったかもしれない。

「よ、よく来るの？」

緊張することもなく淡々と下りていく平さんに、私はぎこちない口調で尋ねた。

普段どおりに縮こまった丸い背中も、どこか頼りがいのある広い背中に見えるから不思議だ。

「ときどきね。夏休みにはいろんな寄席を回ったよ。高嶺さんは初めて？」

「当たり前じゃん！　高校生で落語が趣味なんて珍しいと思うよ」

そういえば一度、おぐちんに誘われてインディーズバンドのライブに行ったことがある。

一緒に行くはずだった彼氏に急用ができたからと、代打で呼ばれた格好だ。人気のバンドだったこともあり、チケットを無駄にするのが嫌だったらしい。

ゴールデンウィークのちょうど真ん中で、勉強の息抜きがてら外出がしたいと思っていたときだったから快諾した。

確か、あのときもこんな風に地下へと案内されてびくびくしたのを覚えている。

狭い箱いっぱいに押し込まれて、爆音の中で片手を上げながら見様見真似（みようみまね）で揺れている自分はかなり滑稽だった。

おぐちんには最高だったでしょ？　と言われたけれど、正直苦笑いが精一杯だ。

そんな私が、インディーズバンドよりも更に馴染みがない落語を楽しむことができるのだろうか。

太鼓が鳴る。

時刻はちょうど、開演三十分前だ。

自分たちの前に並んでいたのは、ハンチング帽を被ったおじさんと老夫婦だった。ゆっくりと扉が開き、列の最後に並んでいた私たちも会場に入る。

少し埃っぽいようなイグサの匂いが、鼻先を抜けていく。

「先にお弁当を買おうか。いなり弁当や五目弁当も美味しいよ。僕はいつも鮭一択だけど」

こんな場所でお弁当？　と声には出さず戸惑う私だったが、とりあえず右へならえで従った。

「落語って、日曜の夕方にやってる感じのやつ？　大喜利みたいな」

「あはは、【笑線】か。まぁよく知らないとそう思うよね」

ほつれた固い畳敷きの客席に、二人並んで腰を下ろす。まばらに座布団が敷かれているが、どれもぺったんこになっていて座布団の体をなしてはいなかった。

私たちの後にやってきたお客さんは、わずか三人ほどだ。

「今日のは古典落語だよ」

「大丈夫さ。昔から語り継がれてきた噺を、様々な解釈と角度から今の時代にあった形で演じて伝えてくれるんだ。ほら、そこに高座が見えるだろう?」

古ぼけた金屛風の前には一段高くなった場所があり、赤い布が敷かれている。その上には、厚みのある座布団が一つだけ置いてあった。

「前座のお弟子さんから始まって、トリに師匠が出てくるんだ。人情噺で有名な噺家さんだから、初めての落語にはぴったりだと思う。まぁ何のネタがかかるかは、出番までわからないんだけどね」

饒舌に語る平さんは、きっと、本当に落語が好きなのだろう。

デートの練習にしては渋すぎるチョイスじゃないかと思っていたけれど、楽しそうな平さんを見ていると私まで嬉しくなってくる。

少なくとも知らないインディーズバンドを見て慣れない縦揺れをするよりは有意義な時間が過ごせそうだ。

平さんの説明を聞いていると、また太鼓が鳴った。

どうやらもうすぐ始まるらしい。この緊張感の中でお弁当なんて食べられないと思っていたが、隣に座っていた老夫婦は早速包み紙を開けていたし、一番前の席に座っていたハンチング帽のおじさんはビールをぐびっと呑んでいた。

「……何か、難しそう」

ほどなくして、着物姿の男性がやってくる。

いよいよだ、と思いピンと背筋を伸ばした。

しかし私の記憶に残っているのは、それから五分くらいのことだ。

「高嶺さん、高嶺さん」

「ふぁ⁉」

瞼を薄らと開けた瞬間、私は慌てて上体を起こした。

一瞬、ここがどこで何をしにやってきたのかすらわからなかったからだ。

「気持ちよく寝てたね」

にっこりと微笑む平さんのＴシャツの肩辺りに、がっつりとシワが寄っている。おそらくは、うたた寝をしていた私をずっと支えてくれていたのだろう。

もう、恥ずかしくて死にそうだ。

サァッと、血の気が引いていくのがわかった。

「ご、ごめんなさい！　私、何てことを……」

「いいよ。今朝だって、早起きしてジョギングに行ってたんだろう？」

「……うん。でも……そんなのいつものことだし、言い訳にはならないよ」

私は本当にごめん、と謝罪を重ねる。

「これじゃあデートの練習にもならないよね。せっかく誘ってくれたのに」

「僕も悪かったよ。ちゃんと相手の趣味をリサーチすべきだった。好きなものとか、苦手なものとか……」

「別に、落語は初めてだっただけで苦手じゃないよ。た、たぶん……だけど」

「頼むからそんな顔をしないでくれたまえ。これは僕の落ち度だ。怖い物を遠ざける余り、自分のことしか考えられなかった」

　ここそこと話し終えたところで、真打ちと呼ばれる師匠が登場した。

　立派な羽織を着ていることから、前座の男性とは全く違う扱いであることもわかる。

　そのときになって気づいたが、周囲にはたくさんの人が増えていた。最初はスカスカだった客席も、二十人ちょっとに増えてある程度は埋まっている。

「次が最後だよ」

　演目は附子という、狂言が元になった噺だ。

　主人から毒が入っている桶を決して開けないように忠告された二人が、好奇心から留守中に桶の中を確かめる。それが砂糖であったことを知って食べ尽くした後、トンチをきかせて切り抜けるという話だ。

　人情噺ではなかったがちゃんと面白かったし、早口で捲し立てる瞬間もしっかりと聞き取れたのにちっとも楽しむことができなかった。

　残った十五分ほどの間に、慌ててお弁当を食べる羽目になったからだ。

持って帰ればよかったのに、と平さんに言われて初めてそういう選択肢もあったことを知る。本当に、何もかもが駄目な一日だ。

「最低すぎて泣きたい」

「大げさだな」

「でも、平さんにも落語家さんにも失礼だし」

「寝てる人なんかしょっちゅうだから気にすることはないさ。そういうのも含めての寄席だからね」

笑顔の平さんに、私はますます申し訳なくなる。

これが本当の初デートで、例えば場所が映画館だったりしたら取り返しの付かない失態だ。

演芸場を出て、眩(まぶ)しい太陽に目を細めた私はがっくりと肩を落とした。

「また練習させてもらっていいかな」

明るく提案してくれる平さんに、私はハッと顔を上げ、大きく頷いた。

「もちろんだよ！　私もリベンジさせてほしい。今日のはデートって感じじゃなかったし……」

挽回(ばんかい)の機会がないとなると、今後どんな風に付き合っていけばいいのかもわからなくなる。

「そうかい？　僕はかなり……その、恐ろしかったけどね」

意外な感想を聞きながら、近くの書店に寄って駅前で別れた。

私は帰路に就く前に少しだけ引き返して、大通りへと戻り、懐かしいビルの前で立ち止まる。

このまままっすぐ帰って、勉強や筋トレをする気持ちになれるか心配だったからだ。

「わぁ、全然変わってないや」

小さな独り言が、雑踏に消える。

塾が主催した全国模試の結果が良かった私は、ほんの三ヵ月間だけこのビルに通っていたことがある。

本当はそのまま通い続けたかったけれど、中学生の私でも引いてしまうほどの費用だったのでママに相談することもしなかった。

結果的には希望どおりの学校に入ることができたし、あの三ヵ月は自分にとってのモチベーション維持にも繫(つな)がったので決して無駄ではなかったと思っている。

学校での居場所がなかった私にとって、塾は特別だった。

ほとんどの生徒が私を知らない。

もちろんママの昔の仕事だってバレていない。中一の数ヵ月間で手放してしまった日常を、わずかながら取り戻せるような気さえした。

隣の席の子が普通に話しかけてくれる現実に感謝しながら、高校はもっと、できるだけ遠い場所を受験しようと固く誓ったのだった。

「ただいま」

ガチャリと、古びたドアノブを捻る。

玄関にはまだ、ママの靴は無い。

もしかしたら、今日も遅くなるのだろうか。

手洗いうがいを終えた私は、買ったばかりの参考書をテーブルに置いてもう一冊の本を手に取った。

平さんが買って、その場で貸してくれた落語の入門書だ。

何も難しいことが書いてあるわけではなく、おすすめの噺や作られた時代背景、解説なんかがわかりやすく載っている。

あくび指南、猫茶碗、死神。目黒のさんまなんかは特に有名だろう。

私は映画でも下準備があった方が楽しめるタイプなので、彼女のはからいは純粋にありがたかった。

ガチャッと、随分早く玄関のドアが開いた。

ママだ。

「またあの人と会ってたの？」

帰ってきたそばから、テーブルに置いた書店の紙袋を見てため息を吐くママ。

あの人とは、パパのことだ。

ママはパパのことを、いつだってあの人と呼んでいる。

「違うよ。今日は友達とでかけてただけ。こっちは自分で買った参考書だし」

「でもこの間も買ってたじゃない。お小遣い足りないんじゃないの？」

「夏休みのバイト代が残ってるし、無駄遣いはしてないから大丈夫だよ」

そういえば、お弁当は自分で買ったが、チケット代は当たり前に払わせてしまった。

次のデート、いや、デートの練習ではきちんと支払いをして挽回しなければならない。

うんうん唸（うな）っていると、ママが小さく肩を落とした。

「不満があるなら、うちを出ていったっていいのよ？」

「は？　何で突然そんな話になるの？」

「あてつけみたいにテーブルに置いてあったから、思ったとおり言っただけでしょ」

「あてつけって……私はただ、紙袋がゴミになるからこっちで開けただけで」

ママはそれ以上何も言わず、背を向けて自室に戻った。

土日の夕飯担当はママなのに、この後はどうするつもりなのだろう。

私は紙袋を乱暴に開けて中身の参考書を手に取ると、部屋に戻ってベッドに丸まった。

ときどき、ママはあんな風に私を試すようなことを言う。

離婚したときの宣言を、今更後悔しているのだろうか。

ママの叫び声は未だに脳裏にこびりついている。養育費なんか一円もいらないわ、と。涙の一つも見せずにテーブルを叩いていた。

喧嘩なのか、性格の不一致なのか不倫なのか。今でも詳しい原因はよくわからないけれど、養育費に関しては娘である私の権利だ。だからもらって当然なのに、ママは頑固で意地っ張りだから一度言ったことを引っ込められない。

おかげで苦しいこともたくさんあったけれど、もしも勝手に振り込んでくるようなことがあったら会社に怒鳴り込んでやるとまで言われてしまったパパは、ママに従うしかなかったようだ。

だから私は、パパと面会するときにこっそりとプレゼントをもらっている。

現金は抵抗があったから、物にしてもらうことが多かった。

パパのところにいけば裕福な暮らしができることはわかっている。

学費だってすんなり出してもらえるだろう。

別に今の生活を変えたいとまでは思わないけれど、あんな風に突き放されるとどうしても理不尽な気持ちが勝るし、やるせなくも寂しくもなった。

どうしてこんなにも一緒に過ごしてきた一人娘が信じられないのだろうか。

涙を堪えて枕に顔をうずめていると、突如としてスマホがムームーと音を立てた。

平さんだ。

『今日はありがとう。とても恐ろしかったから、またぜひお願いするとしよう』

何だかめちゃくちゃな感想に、それでも私の心は少しだけ軽くなった。

家族とも、友達とも違う。

平さんという不思議な存在は、私の中にあった歪（いびつ）な隙間にすっぽりと収まってしまった。

もしかしたら彼女もまた、どこか歪なのかもしれない。

私は貸してもらった本を開いて、今日聴いた附子の噺を改めてじっくりと読んだ。

古典落語と言いながら結構アレンジされていたことにも驚いたし、そんなことよりもお弁当を食べることに必死だった自分に幻滅した。

返信に悩んだ私は『ごめんね』と打っては消して、最後には『こちらこそお願いします』と送った。

隣の部屋からは珍しく知っている音楽が聴こえてくる。

ロックばかりやっているバンドマンのおじさんでも、こんな曲を弾くことがあるのか。

カントリーロードなんて、最後に聞いたのは十年近く前だ。それも金曜の九時から流れていたアニメ映画で聞いたきりだった。

曲調の割に寂しい唄だ。おじさんの切なげな声のせいかもしれない。

頭髪も薄くなっているし、若干太ってもいるけれど、彼はとんでもなく美声だ。

「ウェストバージニアか……」

伸びやかな歌声の歌詞を聞き取りながら、そっと目を閉じる。

今の私には遠すぎてどこにあるのかもわからない。

とても広いところのような気もするし、この部屋くらい狭い場所のようにも思える。

幼い私はママを選んだけれど、ママが私を選んでくれたわけではない。だから、いつまでもこのアパートに残るつもりはなかった。

公務員試験に受かって就職が決まったら、すぐに一人暮らしを始めるつもりだ。

私にとってのママが、ママにとっての私が、附子ではなく本物の毒になってしまう前に。

＊＊＊

中間テストの結果が返ってきた。

今回は学年で七位だ。前回が五位だったから、二つも落としてしまっている。

体育祭なんかであまり勉強に本腰を入れられなかったせいだと思いたいけれど、原因は間違いなくママだ。

平さんとのデートの練習が失敗したのも最悪だし、新しく買った参考書がいまいちだっ未だに「大活躍だったね」と褒めてもらうことはあるけれど、体育祭なんてもう遠い昔のことのように思える。

「たかねは相変わらず頭良いねー」

遠慮なく成績表を覗き込んできた珠理が、数学なんてほぼ満点じゃない？　とニヤニヤしながらつついてくる。

「でも前より下がってるし」

「元ができすぎなのよ。体育祭のリレーだって、他のみんなみたいに手を抜いてもよかったのに。一人だけ張りきりすぎててちょっと恥ずかしかったわ」

「わかるー！」

珠理に同意したおぐちんが笑っている。しかしすぐに、そんなことねぇよ、と割って入る声が聞こえた。

おぐちんと一緒にいた北条くんが、ぐっと眉間にシワを寄せている。

「たかねちゃんのおかげで盛り上がったんだから、それでいいじゃん。リレーを走った全員が一丸となって頑張ってたと思うけど」

「えー？　それは言い過ぎじゃない？　平凡さんなんて派手にすっころんでたわよ？　さすがにダサすぎでしょ」

「一生懸命走ったんだから、ダサいことなんてないと思うぜ」

　またも訂正を入れた北条くんは、あっけにとられているおぐちんと珠理を無視してさっさと教室を出ていった。

　突然のできごとに、教室内がざわついている。

「何よあれ。おぐちんの彼氏、ちょっと態度悪くない？」

「し、試合前だから、ピリピリしてるのかも」

　北条くんは強豪と呼ばれる我が校のテニス部で、一年生ながらレギュラーになれるほどの実力者だ。ちょっとチャラくてわかりにくいけれど、実際にはたくさんの努力を積んでいるのだろう。

　私も空手をやっていたから、スポーツで手を抜くという考えはどうしても好きになれなかった。

「それで？　平凡さん。あんたが運動音痴なのはわかったけど、頭のできはどうなのよ！」

　からかい交じりに近づいていった珠理が、平さんから成績表を奪った。

「クラスで十九位！　学年で百二位！　さすが、平凡すぎる平さんだわ～」

「ハハッ、僕が本腰を入れたら、また君のハートを打ち抜いてしまうけれど……それでもいいのかい？」

「うざっ！　私の心は鉄壁よ。今もガッチガチに固まってるから！　一ミリも打ち抜かれてなんかないから！」

「じゃあどうして僕のことばかり構うんだい？」

「あんたが平凡すぎるからでしょ！　アベレージ人間のくせに調子に乗ってんじゃないわよ！」

つんと背を向けた珠理が鼻息を荒くしながら戻ってくる。まるで蒸気機関車だ。

私はといえば、少し猫背になった平さんの後ろ姿ばかり気にしていた。

＊＊＊

「図書館デートなんてどうかな」

帰り道、昇降口で平さんを捕まえた私はこっそりと問いかける。

成績を上げれば、珠理だって文句を言えないはずだ。

おまけに前回失敗した、デートの練習のやり直しまでできてしまう。

「ああ、図書館デート……その響きを聞くだけで頭が痛くなりそうだ」

「え？　じゃあやめる？」

「もちろん行くさ。克服には鍛錬が必要だ」

ぶるりと肩を震わせた平さんに、私は安堵(あんど)する。

本当にどこまでが冗談で、どこからが本気なのかさっぱりわからない。

最近の平さんは、この濃いキャラクターも含めてクラスに馴染みつつあった。

体育祭での頑張りは大きい。彼女は確かに、誰の目から見ても真剣に走りきっていたからだ。

だから珠理の発言は明らかに浮いていたし、北条くんが諌めたくなる気持ちはもっともだった。

この流れが続けば、いずれ珠理も自分の発言の間違いに気づくだろう。

そのためにも、勉強は大切だ。テストの点数まで上がれば、いよいよからかうネタがなくなるに違いない。

私はぎゅっと、自らの拳を握る。

時間が経つにつれて、私の心にも少しずつ変化が生まれ始めていた。

もちろん恋などではなく、罪悪感に近いなにかだ。

私はずっと、平さんを騙し、嘘をつき続けている。

そのことが抜けない棘となって、私を苛んでいるのだ。

もともと、適当なところで身を引こうと無計画に考えていた。

落とした上でこっぴどくフッてしまおうなんて極悪人の所業だし、実行する勇気もない。

彼女が私を好きになるはずはないけれど、嘘でも珠理の提案に乗ってしまったという事実に苦しめられる。

更に言うと、本音では平さんとの関係を続けたかった。

私はわがままだ。

珠理やおぐちんといるよりも、平さんと話している方が心地よく穏やかに過ごせる自分がいる。

会話に気を遣わなくていいし、よいしょする必要も共感する必要もない。

正直な言葉を、平さんはまっすぐに受け止めてくれる。

「どうせなら、このまま図書室デートとしゃれこむかい？」

「しゃれ？　ええっと、学校の図書室でもいいけど、どうせなら広い方がよくない？　珠理たちに見つかったら面倒だし」

「確かに、今度は教科書を取り上げられるかもしれないからね」

彼女のツンデレにも困ったものだと、平さんがため息をつく。

本当に清々（すがすが）しいほど強靱（きょうじん）な精神だ。

私だって空手を経験していなければ、珠理の言葉に泣かされていた可能性がある。

珠理はちくちく言葉の名人だから、マウント合戦に慣れていない女子はすぐにノックアウトされてしまうだろう。

私は相手が平さんで良かったと思いながらも、そもそも普通の女子ならばカップケーキ怖い宣言などするはずがないな、と考え直した。

「駅前の図書館なんてどう？　電車もあるから一時間くらいしかいられないけど」

「わかっているよ。レディーをあまり遅くまで付き合わせるつもりはないさ」

レディーなどという言葉に、さすがの私も吹き出してしまう。

平さんとはそれなりに二人の時間を過ごしたけれど、まだまだ驚かされることばかりだ。十分もしないで辿り着いたのは、大学に併設された広い図書館だった。

外の大部分は芝生で覆われ、鉄で作られた大きな現代アートが立ち並んでいる。お知らせを見ると、どうやらときどきはイベントと称して映画の上映などもしているらしかった。周辺の学生であれば誰でも施設を利用することができるし、普通の図書館と違って自習スペースもたくさん設けられている。

家の近くにあったなら、通い詰めていただろう。

「苦手科目を聞いても良い？」

私の問いかけに、平さんが鞄の中を漁る。出てきたのは、教室で珠理に取り上げられ、からかわれていた成績表だ。

「数ⅠA、物理、化学、情報は僕の感性と合っていないらしい。残念だよ」

「あ、でも国語は得意なんだね。古文なんか私よりずっと良いよ」

「この辺は勉強しなくても自然と身につく分野だからね。現代文なんて問題にすべての答えが書いてあるし」

「私、苦手なんだよね……書いてあるっていっても、何だかぼんやりしたニュアンスを汲み取らなきゃいけないでしょ。それよりは、正解がきっちり決まってる数学の方が簡単じゃない？　暗記だけでどうにかなる科目はもっと楽だし」

「感性は人それぞれだ」

「ふふっ、そうだね。でもこれなら、お互いの得意不得意を補い合えると思うよ」

そこでスクールバッグから参考書を取り出した私は、早速平さんに手渡した。

「もしかしたら、役に立つんじゃないかな」

「これは確か、先日君が買っていた……」

「そうそう。ネットでのレビューも良かったから応用問題もしっかりカバーできてるんだと思ってたけど、実際は基礎問ばっかりであんまり使えなかったんだよね。今の平さんには、逆にちょうど良いかもしれない」

普段ならレビューだけではなく中身まできちんと確認するが、あの日は平さんと一緒だったからあまり時間をかけたくなかったというのもあった。

でも平さんなら、気にしないでと言ってくれたかもしれない。笑顔で待っていてくれたかもしれない。

大失敗が尾を引いていたが、今頃になってようやくそんな風に思えるようになった。

平さんは優しい。

珠理に何を言われても、彼女を傷つけるようなことは決して言わなかった。

「久しぶりだよ、こういう参考書は。受験が終わってからすっかりご無沙汰だったからね」

「数ⅠAは、この一冊でカバーできるんじゃないかな。自由に書き込んでいいから、良かったらたくさん使ってあげて」

「でもいいのかい？　まだほとんど新品じゃないか」

「落語の本だって、新品のまま貸してくれたでしょ？」

そうか、と少しだけはにかんだ平さんと共に学習スペースへと向かう。

周囲は天井が高い割に、窓が少なく感じられた。

もしかしたら本が日焼けしないよう、気遣われているのかもしれない。

椅子や机が並んでいる個別スペースは意外と混んでいたので、私たちは飲食が可能な丸いテーブル席へと移動し、腰掛けた。

蔵書を持ち出さなければ、自由に使うことができるエリアだ。

「落語の本は進んでる？」

「今、ちょうど半分くらいかな。気になるタイトルを見て、つまみ読みしちゃってるから時間がかかってるけど」

テストもあったし、と言い訳がましいことを言う私に、平さんは首を振る。

「別に急かしているわけじゃないさ。君が遠慮するから貸しただけで、何ならプレゼントしても構わないと思っているくらいなんだから」

「うーん……それは悪いよ。高い本だったし」

「この参考書だって安くないだろう？」

「これはもう使わないから」

「僕だって、あの本を読むことはないと思うよ。君の……友達のために買ったんだから」

驚いた私に、平さんは頬を染めて俯いた。

普段は嘘くさい演技も含めてわかりやすい平さんだけれど、ときどき謎めいたことを言っては私を混乱させてくる。

もしかしたら好意があるのかも、なんて勘違いをしてしまいそうだ。

「そ、そろそろ始めようか」

早速手を動かし始めた平さんのノートを、私は反対側からじっと見つめる。

「心配かい？　僕が本気を出せば、このくらいちょちょいのちょいだけどね」

「ならいいんだけど……早速間違えてるよ」

「ぬ⁉」

「公式はこっちを当てはめるの。ちょっとややこしくて計算ミスしやすいけど、一つ前の数字と合っていれば問題ないから確認しながら進めるといいよ」

「ああ、なるほど。確かに同じだ」

君は教えるのが上手(うま)いね、なんてお世辞を言われて思わず照れてしまう。

人に教えること自体が初めてだったから、素直に嬉しかった。

「……もともとは、全然できなかったから」

「そうなのかい？」

「小学校のときは習い事ばっかりやってたし。特に数学なんて積み重ねの学問でしょ？わからなかったら、わかるところまで戻りなさいって言われて泣く泣く小学校の頃の教科書引っ張りだしてきたのを覚えてるよ」

ママの噂で孤立していた私に、厳しくも丁寧に指導してくれた先生たちの顔が思い浮かぶ。

将来なりたいと考えていた公務員についても、興味があるのならと詳しく教えてもらった。

「僕も負けていられないな」

「ふふっ」

走りも勉強も、まっすぐに吸収していく平さんは健気(けなげ)で格好良い。

口ではねじれたことばかり言うけれど、根っこのところはやはり真面目で正直なのかもしれない。

四十分ほど問題に取りかかった後で、平さんがううんと唸った。

「困ったな。完全に行き詰まってしまった。解説を読んでもさっぱりだ」

「どこ？」

「いや、高嶺さんはそろそろ帰り支度をしなければならないだろう。また明日にでも……」

「いいよ、ちょっとくらい。ママには連絡入れておくし」

「やっぱり門限が厳しいのかい？　片道二時間とはいえ、いつも少々急ぎすぎているように思えるのだが」

「門限とかは特にないんだけど、日課の筋トレはかかせないし……ママが帰ってくるのが八時だから、それまでに夕ご飯を作らなきゃいけないの」

「まさか、君が作るのかい？」

「お弁当もね。その代わり洗濯と掃除はママの担当だよ。土日は逆になるけど」

衝突してしまった落語帰りの夜も、ママはちゃんと夕食を作ってくれた。

メインはナポリタンとコンソメスープ。デザートはキウイだ。

ママの料理は目分量だから、その時々の気分なんかで味が左右されてしまう。

パスタと丼が多いのは昔からだ。

そういえばあの日のナポリタンはかなり濃いめだった。もしかしたら、お酒を呑むのにちょうど良い塩梅(あんばい)にしたかったのかもしれない。

「立派だな、君は」

「普通だよ」

「いや、偉いよ」

「じゃあ……もっと褒めてもいいよ」

冗談で言ったのに、席を立って回り込んだ平さんは偉い偉いと言いながら私の頭を撫(な)でてくれた。

私が触るのは嫌がるくせに、自分で触るのはいいんだ。

ちょっぴり不満に思いながらも、私は抵抗することができなかった。

パパにだって、ママにだって、こんなにも撫でられたことがなかったからだ。

私は思わず伸ばしそうになった手を止めて、それ以上何もできないように握った。

そうしていないと、彼女の手を、今にも摑(つか)んでしまいそうだったからだ。

「君は良くやっている。運動も、勉強もできるし……」

「もういいよ」

「家事だってこなしているんだろう？」

「何か恥ずかしくなってきた」

「恥ずかしいことなんかないさ。君は本当に頑張り屋さんだね」

まだなでなでしている平さんの手を、私はそっと摑んだ。もう、耐えられなかったからだ。

「駄目だよ」

すっと、息を吸い込む。

「何のことだい?」

「これ以上好きになったらどうするの?」

零れ落ちた言葉に、平さんがパッと手を離す。

あまり怖がらせないでくれないか、と。いつものように躱されてしまったけれど、私は
もっと、平さんを怖がらせたくて堪らなくなるときがある。

一体どうしたのだろう。

最近の私は、少し変だ。

この日は、逃げるように図書館を後にした。

平さんがわからなかった問題も、結局聞くことはできなかった。

＊＊＊

「たかねちゃーん! 誰か呼んでるよ」

昼休みに入ってすぐ、廊下側の席に座っていた後藤さんが私に声をかけてくる。

振り向くと、知らない男子がドアから顔だけを覗かせていた。

「あ、津石先輩」

近くにいたおぐちんが、気づいた先輩に会釈している。

「アメフト部のキャプテンだよ。テニスコートの裏がアメフト部のグラウンドだから、たまに見かけることがあるの」

おぐちん自身は、テニス部でも何でもない。だが、彼氏でありレギュラーでもある北条くんを応援するためにせっせとコートに通っているだけだ。

私には、到底できない所業についつい感心してしまう。

「行かないの？　たかねを呼んでるんでしょ？」

おぐちんが首を傾げる。

「こういうの、ちょっと苦手で……」

「出た出た。たかねの人見知り」

「そういうんじゃなくて」

「たかねが全然連絡先教えないからでしょ。ほら、さっさと行っておいでよ」

近くにいた珠理にも背中を押され、私はしょうがなくドアの方へと歩いていった。

一度だけ振り返ると、顔を上げた平さんとちょうど目が合う。しかし彼女はすぐに俯いて読書を始めてしまった。

まあるく縮こまった背中が、何かを言っているような気がしたが、もちろん尋ねることはできない。

「ごめんね、突然」

先輩は、私を階段下のスペースへと連れていって赤い顔で後頭部を掻いた。隣は地学室で、使われていない教材なんかが雑多に積まれている場所だ。

「俺のこと覚えてる？　一度、委員会で話したことあるんだけど」

「す、すみません」

委員会というのは、一学期にやっていた広報委員のことだろう。学校内の掲示物を管理したり、生徒会と協力してホームページの更新作業を行ったりする。

私は通学時間の関係で帰宅部だったため、ほとんど強制的に参加させられてしまった。部活ほど長く拘束されるわけではないし、活動も週に一回だから負担としては少ない方だ。それでも私には苦痛でならなかった。未だに、広報委員での日々は少しも思い出したくはない。

「六月だっけ。生徒会選挙のポスターを作ったりしただろ？　保健委員の掲示物を貼って回ったり……」

「……えーっと」

「マジで覚えてないの？」

前髪をかきあげる、太い指が動きを止める。無遠慮に距離を詰めてくる津石先輩はかなり威圧的だ。私の後ろに壁しかないからかもしれない。

キャプテンをやっていただけあって、やたらと体格が良いのも嫌だ。私はどんなに筋トレをしてもここまで筋肉がつくことはない。

あと顔が濃い。人によってはイケメンに感じるのかもしれないけれど、彫りが深くて浅黒いこってり感は見ているだけでも胸焼けする。

パパはあっさり一重の塩顔だし、平さんは地味ながら童顔なタイプだからこの手の顔立ちに慣れていないというのもあった。

「それで、話って何ですか？」

「うちのアメフト部は有名だから知ってるかもしれないけど、テストの後の練習試合で三年は引退だったんだ。自分で言うのもなんだけど、すげぇ良い試合だった」

「……はぁ」

知るわけもないが、一応相槌だけは打っておいた。急な一人語りには戸惑ってしまうが、先輩は自分の前髪の方が気になっているようだ。

「無事に推薦も決まって、残りの高校生活ものんびり過ごせる。でも……一つだけ心残りがあってさ」

「もうわかってると思うけど、俺……たかねちゃんが好きなんだ。一緒に委員会の仕事をしてるとき、ああこの人だって思った。俺は部活でほとんど参加できなかったけど、ほんの一瞬で運命なんだって確信したんだぜ」

すごいな、と素直に思った。

平さんみたいに、いかにもな芝居口調と大げさな身振り手振りで言われたら少しはコミカルに感じる内容でも、ここまで真剣に言われると笑うことすらできない。

ただただ気まずい空気が、階段の下にわだかまっていた。

「ごめんなさい、私……」

「聞いたよ。クラスのやつに告ったんだろ」

「平さんのこと、知ってるんですか？」

「一応な。どんなやつかと思って確認したら、普通に女だし。しかもすっげぇ平凡なやつで驚いたぜ。それですぐにわかった。これはただの噂だったんだってことがな」

「告白したのは本当ですよ？」

「どうせ、罰ゲームか何かだろ？　乃々果ちゃんが、ちょっと馬鹿にした感じで話してんのを聞いたし」

嫌だな、とこれまた素直に思った。

彼氏がいる後輩を、下の名前でちゃん付けなんて硬派じゃない。私の好みからは大きく逸脱している。

先輩の指摘は事実だったが、私は語気を強めた。

ゲームじゃないです、と拳まで握っていた。

「無理しなくてもいいって。たかねちゃんとあいつじゃ不釣り合いすぎだし、俺の方が相応(ふさわ)しい恋人になれるって一発でわかるだろ?」

すごい自信だ。キャプテンとして強豪アメフト部を牽引(けんいん)してきた経験が、彼にここまでの勘違いをさせてしまったのだろうか。

「無理です。私……意外と一途(いちず)なので」

「まさか本当にあの女が好きだって言ってんのか?」

「少なくとも、先輩よりは魅力的な人だと思いますよ」

「そりゃたかねちゃんが俺を知らないからだろ」

「先輩こそ、私を知らないじゃないですか」

「知ってるよ！　たかねちゃんのことは誰よりも知ってる！　ずっと見てきたんだ」

断言した先輩が、急に私の手を摑んだ。

ぞぞっと鳥肌が立つ。自らの印象すら残っていないような相手に、いきなり触ってくる人間の神経がわからない。

「たかねちゃんは、優しくて繊細で友達思いだ。みんなは高嶺の花なんて言うけど、俺には派手な花に囲まれたかすみ草に見える。物静かで、常に周りを引き立てているたかねちゃんこそが俺にとってのバラなんだ。可憐で、守ってあげなくちゃいけない存在なんだよ」

くっさ――――!! 芝居の台詞だとしても臭すぎる!!

後、めっちゃ間違ってる――――!!

先輩の手を振り払った私は、歪んでいく自らの顔が見えないよう下を向いた。

こんな私が可憐だなんて、冗談も大概にしてほしい。

例えるならば、私はそもそも花なんかじゃない。

アスファルトの隙間から生えてきたような、ど根性大根がせいぜいだ。

「まだ足りない？　そうだな。あとは頭も良いだろ？　アメフト部の一年に聞いたんだ。同じ五組のやつがいてさ。それにすごく清楚だし……将来は女子アナなんかが向いてると思うぜ」

公務員からはほど遠い職業を持ち出され、私はうへぇ、と肩を落とす。

この人はマジでアレな人だ。

平さんの勘違い発言は最初こそ痛々しいと思っていたけれど、最近では行き過ぎていて逆に面白く感じている。それに彼女は相手の価値を勝手に決めつけたり、他人を貶めて傷つけたりするようなこともしない。

ただ、自分が告白されるのではないかと思い込み、恐れているだけだ。

だからはいはい、と適当にあしらうこともできるし、そうだねと同調して照れた顔を拝むこともできる。

しかしこの人は駄目だ。勘違いの方向性が笑えないのも大問題だ。

「あの、結論から言うと無理です」

私はおぐちんに教えてもらうまで、先輩の名前すら知らなかった。

委員会で、ほんのちょっと接点があったくらいじゃ相手のことなんてわかりっこないんだ。

「先輩は私のことなんて全然わかってなかったし、私も先輩のことを知りたいとは思いません」

「平ってやつのが勝ってるって言いたいのか？」

「そうですね。少なくとも先輩といるよりは楽しいです。頑張り屋さんだし、意外と物知りだし、素直で優しい人だと思います」

先輩には触りたくないけれど、平さんにはついうっかり触りたくなる。先輩の手には嫌悪感を覚えたけれど、平さんに撫でられたときは嬉しかった。

それが、すべてだ。

筋肉質な腕に阻まれてぐっと壁に挟まれたのはそのときだった。反射的にしゃがみ込んだ私は、下段蹴りしたいところをどうにか堪えて先輩の背後に立った。

突然のことで、先輩はあれ？　と間抜けな声を出している。

体が大きいだけなら少しも怖くない。女相手だからと油断したのか、動きは鈍いし隙だらけだ。

「こっちですよ、先輩。もう帰っていいですか」

状況を理解した先輩がチッと舌打ちをして、趣味の悪い女だなと最後っ屁のように暴言を吐いた。のそのそと廊下を去っていく背中の何と格好悪いことよ。

「はぁ……」

堪らず、盛大なため息を零す。

そうして首を鳴らしながら階段を上ろうとした私の目に、慌てて逃げ出そうとしていた平さんの足元が見えた。

「待って！」

「クッ……見つかってしまうとは我ながら誤算だった」

「聞いてたの？」

「と、友達の心配をしただけだ。勘違いしないでくれたまえ」

「それで？　心配はなくなった？」

「君が、まだ心変わりしていないことはわかっていたよ。早く諦められるよう、僕も努力しないといけないな」

　いつもどおり、せわしなく横髪を耳にかけた平さんに私はやっぱり笑ってしまう。平さんといると、いつの間にか笑顔になっているから不思議だ。

「さっきまで、小串さんや早見さんが捜していたようだが」

「あー……野次馬したかっただけだと思うから放っといていいよ」

「なかなか大変そうだな。あのグループは、君には合わないんじゃないのかい？」

　眉を寄せる平さんに、私は階段を上って近づいていった。

　並ぶと、ほとんど同じくらいだ。もしかしたら私の方がちょっとだけ高いかもしれない。だからこんなにも親しみを覚えるのだろうか。強くも何ともないはずなのに、傍にいるだけで安心感を覚えてしまう。

「合わないけど平気だよ。どのグループにいたって、私が浮いちゃうのはわかってるし」

「でも早見さんたちの言うとおりに行動させられている君は、あまり幸せそうには見えないよ」

「幸せ……か」

　どうにも、やるせない気持ちが込み上げてくる。それでも、中学時代に得られなかった環境が、今の私に用意されているのは事実だ。

「大丈夫。本当に嫌だったら断るし。いざとなったら負けないから」

目を丸くした平さんが、負けないって何だよと笑った。

負けないとは、本当に言葉どおりの意味だ。私は中学のときにも遠巻きに見られているだけで、直接的な被害を受けたりはしなかった。

ほとんどが小学校からの持ち上がりだったこともあって、私の空手の成績を知らない人はいなかったからだ。

「平さんも、いざってときは私に言ってね」

「守ってくれるのかい?」

「もちろん。大切な友達でしょ?」

「僕が頑張り屋で、意外と物知りだからかと思ったよ」

本当に全部聞いていたのかと呆(あき)れたけれど、聞かれて困ることは何もなかった。

今の私の、正直な気持ちだったからだ。

私は平さんに、友達として確かな好感を持っている。だからそうかもね、と素直に肯定した。

恥ずかしいことは何もない。

しかし彼女はやっぱり、少しだけ照れくさそうにそっぽを向いていた。

《第四章　尼寺には行きません》

夏休みが明けて、体育祭が開かれ、中間テストが終わるとすぐに文化祭の準備だ。

体育祭のときと同様に、今回もロングホームルームの時間を使ってしっかりとした話し合いが行われた。

幽霊船のお化け屋敷（やしき）、フラフープ輪投げ、コスプレ撮影スタジオ、大正ロマン喫茶、お江戸の茶菓子屋。縄文土器土器ラーメン店。インスタ写真館、古典演劇、モザイクアート。

様々な案が次から次へと現れては消えていく。

クラスでの人気は、やはり飲食店に集中していた。自分たちも美味（おい）しい思いができて一石二鳥だと思っている人も多い。

しかし飲食の提供に関する規制は年々厳しくなっているため、喫茶店や屋台の数なども厳密に制限されている。

運営したい場合には早めに申請を出して、不備などがないか先生方と生徒会を含めた複数人による検討が行われた上でようやく許可が下りることになっていた。

入学して半年ほどの一年に、飲食店の出し物は難しい。

食材の搬入や管理、調理の有無や最終的な提供に至るまでの工程に不慣れだからだ。

大体は、部活などで屋台を経験した上級生が主体となって運営するのが普通だった。

「はっきり言いますけど、こんなにもゆるっゆるの計画で申請が通るとは思えません」

委員長の松田さんがバンッと教卓を叩く。

「三年生は最後の文化祭なので、夏休みのうちから計画を立てていますよ。しっかりと文化祭の実行委員を選定して、コンセプトもばっちりです。喫茶店だなんて……皆さんのような一年のド素人が夢みたいなことを言わないでください」

眼鏡を押し上げた彼女は、相変わらずの厳しい口調だ。

しかし、体育祭のときのように反抗する生徒はいない。

出し物の種類にもよるが、プレッシャーがかかるリレー決めとは重みが違うからだ。

「ではもう一度投票を始めます。喫茶店を除いた中から、自分が良いと思ったものに二回手を上げてください」

何度目かの投票が始まる。間違って一度しか手を上げていない生徒もいたが、どうにか三つにまで絞り込むことができた。

「幽霊船のお化け屋敷、コスプレ撮影スタジオ、古典演劇ですね。では私の独断で、今回の出し物は演劇とします」

ええ――⁉　とクラスの何人かが立ち上がる。

さすがの私も、同じように非難の声を上げてしまった。

ここから更に再投票をしていけば絞れるはずなのに、一体どういうことだろう。

「いいですか。私はたった一人で、文化祭実行委員もいないなか、皆さんをまとめなければならないんです。この労力がいかほどかわかりますか？　私の投票には皆さん五人分くらいの価値はあるでしょう」

「制限選挙かよ！　まさか委員長、ヒロイン役にでもなるつもりか？」

庭作りゲームに夢中な男子の問いかけに、口角を持ち上げた委員長が教卓の中から大量の台本を出した。まさかそんなところに隠してあったとは思わなかったのだろう、先生まで驚いて目を丸くしている。

きちんと製本までしてあるところはさすが文芸部と言わざるを得ない。

「私がなりたいのはヒロインではなく演出家です。台本も、ジェバンニほどではありませんが三日三晩で書き上げました」

ジェバンニ？　とクラスの数名が首をひねっている。私もそのうちの一人だ。

「それにしてもできすぎよ。大口叩いておきながら、本当は適当な仕上がりになってるんじゃないの？」

珠理の発言に、委員長が舐めないでくださいと厳しく睨みつける。

口答えをした珠理も、蛇に睨まれたカエルのように固まってしまった。

「私は自分に厳しく、他人にはもっと厳しくをモットーにしているんです。台本は完璧ですよ」

わけのわからない理論と並外れた気迫に他のクラスメイトも黙り込んだ。

そういえば最初に演劇を提案したのも委員長だった、と今更ながらに思う。

我が一年五組のヒエラルキーの頂点は、一軍を率いる珠理でもテニス部のエースをやっている北条くんでもなく、委員長の松田さんだったようだ。

「でも、いいんじゃない？　コスプレっぽいのもできるし」

「まぁ内容によっては幽霊船を生かすこともできるな」

女子の一人が声を上げると、すぐに同意する生徒が出てきた。

もちろん私も賛成だ。小道具係にでもなれば、当日は拘束される心配もない。心を楽にして、文化祭を楽しむことができるだろう。

ほとんど意味をなさなかったいくつもの案を黒板消しで亡き者にした委員長が、カッカッとチョークを走らせる。

書かれているのは配役だ。

そこで初めて、私は舞台の内容を知った。

これはシェイクスピアの『ハムレット』だ。四大悲劇のうちの一つであることはあまりにも有名だった。

「ええ？　ハムレット？　どうせ悲劇ならロミジュリが良かったなぁ」

ぽつりと呟いたのはおぐちんだ。

「馬鹿言わないでください。ロミオとジュリエットは悲劇ではありません。序盤のコミカルな掛け合いをご存じないんですか？　下ネタ満載のとんでも喜劇ですよ」

「ええ？　そ、そうなの？」

「真夏の夜の夢でも観て勉強し直してください」

言い負けたおぐちんは、恥ずかしそうな顔で黙って俯いた。

下ネタというワードに怯んでしまったのだろう。

ロミオとジュリエット自体は観たことがなくても、簡単なストーリーと台詞くらいなら全員が知っている。それに比べると、ハムレットは少しマイナーかもしれない。

私だって、たまたまパパに誘われて舞台を観に行ったことがあるだけだ。

リア王もオセローも観た。後からわかったことだが、出ていた舞台女優の一人が当時の恋人だったらしい。

パパは広告会社に勤務しているから、とにかく色々な業界人との繋がりが多かった。この彼女も直接話したことはないが、とても綺麗な人だったということだけは覚えている。

舞台の中心で、それこそ高嶺の花のように輝いていた。

でも、若い頃のママだって同じくらい綺麗だったはずだ。

過ぎた話が、頭をぐるぐると巡っていく。

「ステージが使えるのは、搬入と撤収を含め約五十分。念入りに準備をしたとしても、芝居に使える時間は四十分ほどでしょう」

チョークを置いた委員長が、教壇に両手をついた。

ちなみに担任の先生は、生徒の自主性に任せるという体で丸投げしている数学教師だ。古典演劇になどまるで興味がないのか、台本が出てきたことにリアクションを取ったあとはまたこっそりとスマホを弄っていた。

「ハムレットは全部で五幕あり、大変な長尺です。本編は大幅にカットしたのであしからず。そもそも私は、この物語の結末が気に入りません。被害妄想にまみれた優柔不断かつ自己中心的なマザコンハムレットがオフィーリアを罵るシーンは特にむかっ腹ですよ！」

怒りをあらわにした委員長は、配役の一番右側に来ていたハムレットの隣、つまり一番先頭にオフィーリアと書いてパンパンッと両手を叩きながらチョークの粉を払った。

「今回の主役はオフィーリアです。ハムレットには原作どおりさくっと決闘で死んでいただき、溺死したと思われていたオフィーリアが実は生きていたという設定に大幅改変します」

「有名な古典演劇をそんなに変えちまって大丈夫なのか？」

北条くんの鋭いツッコミにも、委員長は動じない。

「同じ話をこするのだけが演劇ですか？　原作を読んだら誰にも納得してもらえません

よ。私は時代に合った解釈で、ストーリーを構成し直して演じることこそが古典演劇の醍醐味だと思っています。落語みたいなものですよ。シェイクスピアの新しい境地に、みんなで辿り着きましょう」

まるで教祖のような輝きが委員長から、いや、委員長の眼鏡から放たれている。

もしかしたらあっちが本体なのかもしれない。

パチパチと手を叩きながら立ち上がったのは平さんだ。

「わかるよ。松田さん。僕も同じ考えだ」

古典落語が好きな平さんにも、共感できるところがあったのかもしれない。

「ただ、君には一つ悪い知らせがある。きっと僕をハムレットに据えたいのだろうが、その願いは叶えてあげられないんだ。また告白なんてされたら、たまったもんじゃないからね」

「あー、それは期待してないので結構です。ハムレットは北条くんにお願いするので」

「え？　俺？」

「顔選です」

「顔かよ！」

確かに北条くんは顔が良い。

テニス部らしく爽やかな短髪で、運動部の割にはあまり日に焼けておらず、すっきりとした目元にも嫌味がなかった。ちょっとチャラく見えるのが玉に瑕だ。

「でもなぁ、最近は部活が忙しいし……」

「アイス屋さんの当番もあるんじゃない？」

すぐに割って入ったのはおぐちんだ。彼氏のことなら何でも知っているのだろう。

テニス部は去年もかき氷店をやって大繁盛したらしいから、アイスクリーム店の申請も通る可能性が高い。いくらレギュラーとはいえ、まだ一年の北条くんはそれなりにこき使われてしまうだろう。

「舞台は一時間もかかりませんよ。主人公はオフィーリアなので台詞もさほど多くはありません。演劇部のないうちの高校で、観客を惹きつけるには顔が一番です。下手くそな演技はどうしようもありませんが、私の演出と脚本でカバーしましょう」

「……確かに、顔の好みは人それぞれだからね。僕はそうだな、ホレイショー辺りはどうだろうか。ハムレットを食ってしまわないか心配だが、親友役ならばあふれる魅力を抑えることもできるし、皆も賛成だろう。委員長もそれで構わないね？」

「構うので駄目です。平さんの情熱はありがたいですが、それは小道具係にでも費やしてください」

「こ、こここの僕が、小道具係⁉」

大げさにふらついた平さんに、委員長がため息を吐く。

「適材適所ですよ。背景以外の大道具は体を使う仕事が多くて大変ですから……もうちょっと力のある方がやるべきです。ひょろっちい平さんには荷が重すぎますからね。本格的な衣装は家庭科部の方々にお願いするので、あなたには装飾品作りを任せたいと思っています。では続いてホレイショーですが――」

あっという間に流された平さんは、がっくりと肩を落として席に着いた。

どうせなら、やりたい人にやらせてあげればいいのにと思ったが、委員長の意見は絶対なので逆らうことはできない。

ぼんやりしているうちに、配役がどんどん埋まっていく。

「それでは最後にオフィーリア！」

黒板の一番右側を叩いた委員長が、その手を人差し指に変えてこっちに流してきた。

「高嶺(たかみね)さん、お願いします」

「え、わ、私？　珠理とかじゃないの？」

「彼女にはハムレットの母親でもある王妃、ガートルード役を任せてあります」

「お、おぐちんは？」

「私は大道具係。お父さんがＤＩＹにハマってるから道具なんかも貸してもらえるし……中学の頃は美術部で水彩やってたから背景を描こうと思ってるんだよね。基本は彼氏のサポートに回りたいから裏方の方がいいと思って」

得意げなおぐちんに、私はぐっと息を詰める。

「何か不満でもあるんですか？　高嶺さん」

「い、家が遠くて……その、色々とやることもあるし」

「家が遠いのは仕方ありませんが、やることは誰にでもあります。そうですね……練習は帰宅後にオンラインで行うことにしましょうか」

「パソコンとか持ってないよ？」

「スマホで充分。ハムレット役の北条くんも夜の方が都合良さそうですし、時間を気にせずつきっきりで指導することができますからね」

当たり前に言ってのけた委員長は、鋭い表情で眼鏡を押し上げる。その姿は、もはや無敵と言っても過言ではない。

どうしようと思い慌てていると、振り返った平さんが生温かい視線を送ってきた。

哀れんでいるのか、応援しているのかもわからない。しかしどちらにしても、私に拒否権はなかった。

きちんとこちらの都合に配慮した時間で練習日程を組んでくれると言われてしまったし、テストだって終わったばかりだ。

塾も部活も委員会すらもない私には、もう他に言い訳の余地は残されていなかった。

＊＊＊

「ええっと、九ページからでいいかな」

私は慣れないリモート会議用アプリを使って、北条くんと台詞の練習を始めた。

しかし隣からは激しいロックが聞こえているし、Ｗｉ‐Ｆｉの調子も悪い。後者については、リビングとの扉を完全に閉めきっているせいだ。

画面や音声がぷつぷつと途切れるのを申し訳なく思いながら、私はどうにかこうにか時間が過ぎるのを待った。

「この調子じゃ困りますよ、高嶺さん」

練習が終わり、二人だけになった画面で委員長が眉を寄せている。

「うちのアパート、いつもこんな感じだから……あんまり改善はできないかも」

「リビングで練習はできないんですか？」

「家族がいるから恥ずかしいし」

「恥ずかしがっていたら主役なんかできないですよ？」

もともとやりたかったわけではないのに何て理不尽な、とは思いつつも、面倒なことになりそうなのでしおらしく俯いた。

「それから、感情はもっと大きく膨らませて、台詞に出すときには目一杯豊かにお願いしますね」

「……ふくらませて、ゆたかに」

はーん、などと心の中で頷きながら、とりあえずメモだけはしっかり取っていく。後で、何度も同じことを言われては敵わないからだ。

「それじゃあ、また明日もよろしくお願いします」

ぷつっと、アプリが途切れる。

お小言が終わった瞬間にベッドへとダイブした私は、助けを求めるように再びスマホを握りしめた。

しょんぼりとしたスタンプを、平さんとのタイムラインにぺたんと貼りつける。

『早速お疲れのようだね』

『もう無理』

『まだ一日目だよ？』

『でも無理』

『じゃあ、また朝練でもするかい？』

平さんの提案に、私はパッと起き上がってやったー！のスタンプで返した。

本当に、心から安堵することができたからだ。

北条くんや委員長相手では緊張するし、同じグループの女子とだって上手くいく気がしない。人前で演技をするなど初めての経験だったからだ。

珠理は小学校の頃に白雪姫、中学では不思議の国のアリスで主役を演じたらしく手慣れたものだった。文句を言っていた北条くんも自然な台詞回し(せりふまわ)しが様になっていたし、何なら私以外の全員がそれなりにまとまっていたように思う。

知力と体力さえあればどうにかなると思っていたのに、まさか就職の前でこんなにも大きな壁がやってくるなんて。

私はひとまず台詞の暗記だけに重点を置いて、平さんとの朝練に備えた。

＊＊＊

「尼寺へ行くがいい！　って、意味わかんないよね」

「愛している美しい人を……こんな汚れた俗世に置いておきたくなかったんじゃないのかい？」

「もっと酷(ひど)い意味があるみたいだけど……」

「捉え方は人それぞれさ」

そうかなぁ、と文句を言いながら、台本に注釈を入れていく。

台詞が上手く出てこないのは、その内容がしっかり理解できていないせいだと言われたからだ。

本当は私なんかより、平さんの方がずっと頭がいい。

珠理はからかっていたけれど、物事には成績や順位だけで測れないことがたくさんある。

私は覚えた単語や数式を解答用紙に書くことは得意だったけれど、言ってしまえばそれだけだ。平さんの知識は偏っている代わりにとても深く、濃い。

底が見える浅瀬で広く無難に生きている私には、とても見えない世界だった。

「ハムレット自体は、観たことあるんだけどなぁ」

「本当？　また寝てたっていうオチじゃないだろうね」

私は違うよ、と慌てて否定する。

「ちゃんと目は開いてたけど、意味はあんまりわかってなかったかも。台詞も今回の台本みたいに口語らしくなってなかったし……」

私はふうとため息を吐く。

「だいたいさ、みんな死にすぎだよ」

「古典だからねぇ」

「この毒が附子（ぶす）だったら良かったのに。ハムレットのお父さんの耳に流し込まれたのが砂糖水だったら、誰も不幸にならないでしょ？」

「ハハッ。そうしたら物語も始まらないじゃないか」

　遊歩道のベンチに座っていた平さんは、まるで喜劇だと大笑いした。

「だいたいオフィーリアにも共感できないんだよね。恋人に酷い扱いを受けた上に、勘違いで父親まで殺されてしまったところはもちろん同情するけど、心を壊す前にやり返せなかったのかな？」

「やり返す？」

「そう。ボコボコにするの。お花の代わりにグローブを持って」

　真剣な私の眼差しに、平さんが引いている。

「ま、まぁ……君の気持ちもわからなくないけど、さすがにそれは」

「駄目？　この台本では死の淵から這い上がって正気に戻ったオフィーリアが、農夫の娘と出会って新しい人生を歩むというシナリオになってるけど……」

　それすらも、何だか甘いような気がして、私は委員長ばりに拳を握る。

「何かもやっとするじゃん。もっとスカッとしたくない？　ざまぁって言いたくない？　私だったら急いで城に戻って全員ぶん殴っちゃうけどな」

　大胆だな、と感心する平さんに私は尚も続ける。

「この毒を盛った叔父が最悪なのは大前提だけど、ハムレットもハムレットだよね」

　私はバンバンと台本を叩く。

委員長が言っていたとおり、この作品は読めば読むほどイライラゲージが溜まっていく恐ろしい物語だ。

「お母さんの再婚が早すぎることに幻滅してるのも意味わかんない。大切な家族なんだから悲しむ時間なんて少ない方がいいに決まってるじゃん。父親を毒殺されたっていう事実を知って復讐しようとするのはわかるけど、誤って恋人の父親を手にかけるなんてもってのほかだよ。やりすぎやりすぎ！　それに私がハムレットのお父さんだったら、たとえ実の弟に殺されたとしても息子にこんな復讐をさせたりなんかしない！　夜な夜な弟の枕元に立って恨み言を呟きながら呪っちゃうかもしれないけど……子どもを巻き込むのは違うよ！」

早口で捲し立てたせいで、ぜえぜえと息切れしてしまった。

「以前、君は僕を素直だと言ったけれど、本当に素直なのは君の方かもしれないね」

「そう、なの？」

「見たままを、まっすぐに捉えている」

「だから現代文の成績が悪いのかなぁ。作者の気持ちも登場人物の気持ちもわかんないもん」

「僕は君の考えもすばらしいと思うけどね。まさに現代版の、新解釈ハムレットって感じで」

何だか良い風にまとめられてしまい、私はカッカした心が凪いでいくのを感じた。

「僕も人違いの殺しを自らの内に潜む狂気のせいにしてしまったハムレットの考えには賛同できない。しかし誰しもが、彼のようなずるい考えを秘めているような気がするんだ」

偽物の狂気が本物に変わるなんてのはあっという間さ。

そう結論づけた平さんが、百均で買ったと思しき造花のいくつかを輪っかにして留めていた。

「さっきから気になってたけど、それ何？」

「オフィーリアの花冠。ほら見て、すごく綺麗だ」

作りたての冠を私の頭にかぶせた平さんが、柔らかく微笑んだ。

この表情は、今のところ私にだけ見せてくれる特別な顔だ。

私はこのためだけに、ずるい心に支配されてしまうような気さえした。

「そういえば、小道具係だっけ」

私はさも今思い出したかのような口ぶりで、花びらの一つに手を添えた。

鏡がないから、どの花に触ったのかもわからない。

それでも平さんが綺麗だと言ってくれるなら、充分だと思った。

ふわりと、優しい風が吹く。

そんなはずもないのに、甘い花の香りが鼻先を抜けていったように思えた。

「宮廷で配るお花も平さんが用意するの？」

「ああ。我を失ったオフィーリアが歌いながら彷徨う名シーンだからね」

楽しみだよ、と微笑む平さん。

私はどこかで、まだ覚悟が決まっていなかった。けれど平さんにここまで期待されているのだとわかったら、きちんと形になったものを見せたい。

平さんだって、全力でリレーを走ってくれたのだから。

「早速だけど、九ページのところから付き合ってもらっていい？」

ぐっと、気持ちを入れ替える。

「昨日は全然気持ちが入ってないって怒られちゃって」

私は台本を二人の膝に半分ずつ載せて問いかける。平さんはもちろん構わないさと余裕の表情だ。

「君からどうぞ」

「……ハムレット様、何を言っているのかわかりません」

「お前の美しさを問うている。貞淑であるのか、と」

うやうやしい態度の裏で、不信感に満ちたハムレットの声が耳に届く。

平さんは普段からちょっと芝居がかっているから、役に入り込んでいても全く違和感がない。

復讐に取り憑かれた暗い片目からは、ハムレットの心まで窺えるような気がして、少し恐ろしくもなった。

あまり読書をしない私でも、当時の情景が頭に浮かんでくるのがわかる。

白い壁。ホールの柱。泣き濡れたベッド。翻るドレス。

――ああ、ここはシェイクスピアの世界なんだ。

私はそれから学校が始まるまでの時間を全部使って、自分の中には全く存在しないオフィーリアという人格をどうにか形にしていった。

＊＊＊

「あーやばい！　ぜんっぜん台詞が入ってねぇ！」

文化祭を二日後に控えた放課後、私たちは体育館のステージに集まっていた。

ある程度完成した衣装を着て、本番さながらの稽古を行う予定だ。

しかし突如として声を上げた北条くんは、シェイクスピア特有の長台詞に頭を悩ませていた。

「ゲネプロまでには覚えて来るようにと言いましたよね？　顔も演技も良いのに、台詞がつっかえていては台無しですよ」

「何とか削れねぇかな。この、生きるか死ぬかの辺りとか」

「ハムレットで一番とも言われている名台詞ですよ？　無理に決まってます！」

着替えを終えた私は、白いドレスのレースの部分をつまんでみる。

「これでいいのかなぁ」

そのとき、舞台袖で小道具の確認をしていた平さんが振り返った。

「へぁ⁉」

素っ頓狂な声と共にいつものジト目を大きく見開き、酷く驚いているのがよくわかる。

「変じゃない……？」

「いやいやいやいや、似合っているんじゃないかなあ‼」

「本当？」

何だかいつもと様子が違うので、私は訝しみながら首を傾げる。

「何て言っていいのか。僕が想像していた以上に……その、いや、何でもない」

一瞬だけ照明が当たり、何故か赤くなっていた平さんの頬があらわになる。私はどうしたの、と問いかけたかったが、すぐに呼ばれたのでいそいそと踵を返し出ていった。

引きずるほどのスカートなんて始めてだから、途中で躓かないように気をつけながら淑やかに歩かなければならない。

「まさにオフィーリアだな」

台詞の交渉をしていた北条くんが、私を見つけてぽつりと呟いた。

「お姫様って感じだ」

普段はデニムとTシャツばかりの私がそんなことを言われるとは思っていなかったので素直に驚いた。おしゃれには疎いし、スカートを穿くのだって制服のときくらいだ。

「フン、やはり私の見立てどおりですね」

キラリと眼鏡を光らせた委員長が、それでは始めましょうと声を張った。

音響や照明、キャットウォークに設置したスポットライトの調整ができるのは今日だけだ。

大道具などを入れ替えるタイミングを測るのも、大事な作業の一つだった。

私の役に関しては思っていたよりも順調でほっとしたが、肝心の北条くんはやっぱり長台詞の途中でつっかえてしまい、後半はずっと台本を握っていた。

あと二日しかないのに大丈夫なのだろうか。

「良かったら放課後、一緒に練習する？」

私は舞台袖で、こっそりと北条くんに声をかける。

今はハムレットの親友、ホレイショーのシーンだ。

「確か、今日から本番までは部活もないんだよね？」

「いいのか？　あ、でも……俺の場合は掛け合いっていうより一人台詞だからなぁ」

「後半は掛け合いも飛ばしちゃってたよ？」

「あーそうだったわ。マジでごめん」

「私はいいけど、ほら、委員長がピリピリしてるし。一人で練習するより相手がいた方が覚えやすいんじゃないかな。オンラインだと立ち位置とかも疎かになっちゃうし」

幸い、今日はママの帰宅が遅い。

小道具係の仕事はすでに終わったらしく、平さんも暇だと言っていた。

いつもの河川敷なら声を出しても怒られないし、私の影響ですっかり台本が頭に入っている彼女がいれば北条くんも心強いだろう。

「じゃあ頼むわ。俺映画でもハリウッドしか駄目なタイプだから、こういう複雑な恋愛っつーの？　いや、復讐劇か。どっちにしても全然わかんねぇんだよな」

「あはは、わかる。私も苦手だったから」

何なら私はもっと深刻で、ハリウッド作品でさえちゃんと頭に入ってこない。

「次、大広間に移ります！」

委員長の掛け声に、私たちは揃って舞台袖から出ていく。

練習ができることに安堵したのか、彼の顔はいくらか落ち着いているように思えた。

無理矢理巻き込まれた格好ではあるが、私も含めて全員が一丸となって進めてきた舞台だ。

できることなら、本番も成功させたい。私はいつの間にか、適当に流せればいいやと考えていた文化祭にも本気になっていた。

また、平さんに褒めてもらいたい。

撫でてもらって、良くできたねと言ってもらいたい。

あれほど恥ずかしく、照れくさい行為だったのに不思議だ。

平さんが先に陣取っていた遊歩道のベンチで、私と北条くんはしっかりと声出しをしながら本番と同じだけの時間と間を使って稽古をした。

小道具は、平さんが持ち出してくれたものだけを使ったが、それでも充分本番らしくなったと思う。

長台詞の成功率は半々だ。後二日で絶対に追いつくから！　という北条くんの言葉を、私も平さんも信じたかった。

「今更なんだけど、落語ってすごいよね」

北条くんが帰り、二人っきりになったベンチで息をついた私は独り言のように零す。

あれだけの長い文章を全部暗記して、数々のキャラクターを演じ分けなければならないなんて。

「昔は台本もなかったらしいよ。敢えて文章に起こさず、対面式の稽古で芸を受け継いでいたらしいからね」

「途中でネタが飛んだらどうするんだろう。今は考えたくもないけど」

「でも、それこそ演劇みたいに決まった台詞を言わなきゃいけないわけじゃないから、オチに向かってアドリブで凌ぐんじゃないかな。同じ噺でも、落語家さんによっては全く違うものになるし」

「そういう意味では似てるところもあるね。平さんと北条くんとじゃ、同じハムレットの台詞でも全然違う意味に聞こえるもん」

正直に言うと、演技が上手いのはおそらく北条くんの方だ。

平さんはちょっと大げさすぎるし、嘘っぽくも感じる。

でも彼女の演技を受けて、私のオフィーリアは形になった。あんなにも面倒だと思っていたのに、今は本番が楽しみでならない。

決められただけの役を熟す私、という殻を脱いで、みんなをあっと驚かせてやろう。

《第五章　二番太鼓はいつ鳴った？》

　文化祭当日は、何とも言えない曇り空だった。十月も半ばともなると、永遠に続くのではないかと思われた夏の気配もすっかり消え去ってしまう。

　午後からは晴れるらしいので、せめて暖かい風が吹くよう祈った。

「……ああ、とても美しいよ」

　昇降口前のポスターを眺めていた私に、平（たいら）さんが後ろから声をかけてくる。

「この眠り姫を起こすために、街中の人間がキスをしにくるだろう。もちろん、僕もその一人さ」

　私はカッと頬が熱くなるのを、必死で隠そうと俯（うつむ）いた。

　平さんは、そんな私の様子など気にもとめずにきょとんとしている。

　美術の教科書にも載っているミレーの絵画に見立てて、近くの川か汚れたプールにでも沈められるのではと噂（うわさ）されていた撮影だが、実際にはただの杞憂（きゆう）に終わった。

　ポスターには、花冠をかぶって中庭の芝生に寝転んでいる私が写っている。

　委員長の人脈を最大限使い、写真部が所有する一眼レフを借りた上で、引退した三年の元部長が撮影から編集に至るまでしっかりと携わってくれた。

委員長からも「オフィーリアらしい仕上がりです」と納得してもらえてほっとする。

「やっぱり、溺死を模したシーンよりはマシだよね」

私は、わざと茶化すような言い方をした。

先程の発言も含め、目を瞑(つぶ)っている自分を見られるのが恥ずかしかったからだ。

平さんはきっと、演芸場で寝こけていた情けない私の姿を思い出したに違いない。

恥ずかしさを紛らわせるために、スマホを取り出して時刻を確認した。

体育館のステージプログラムは時間がきっちりと決められていて、『新解釈ハムレット～もしも、オフィーリアが～』の上演は昼の一時半からだ。

吹奏楽部の演奏の後だから、ある程度はお客さんも多いだろう。

私は、柄にも無く緊張していた。

空手の大会でも、ここまでドキドキしたことはない。

いくら主役と言っても、ほんの一時間程度拘束されるだけなら楽なものだと考えていた自分の愚かさを嘆きたいくらいだ。

本番まではまだ四時間以上もあるのに、私の心臓は徐々に音を増していくばかりだった。

「どうしよう」

「何がだい？」

「胸が痛いんだよね。このままどんどん、どんどん速度が上がって……一生分のドキドキを使いきって死んじゃうかも」

　ポスターの前でかがんだ私に、平さんがくすりと笑う。

「混合リレーのアンカーを走りきった英雄の台詞とは思えないな」

「平さんだって走ったじゃん」

「僕はアンカーじゃないし、盛大にこけてしまっただろう？」

「らしくないよ。あのくらいで平さんの魅力が落ちるわけないでしょ。女の子はいつだって、みーんな平さんに夢中なんだから」

「……そうだな。全く恐ろしい話だ。僕はひっそりと生きていきたいだけなのに」

　平さんが額に手を当てて首を振り、背を向けて去っていく。

　まるで、一人芝居でも見ているようだ。

　入れ替わるようにやってきたのは珠理たちだった。おぐちんも、その彼氏の北条くんもいる。

「長台詞の調子はどう？」

　私は思わず問いかける。

　今のところ、一番の気がかりだからだ。

「バッチリ！　と言いたいところだけど、五分五分だな。でも俺、意外と本番には強いタイプだから安心してくれていいぜ」

私は良かったと言って、横髪を耳にかけた。

どうにも、平さんの癖が移ってしまったみたいだ。

最近また髪が伸びてきたから、文化祭が終わったらショートにでもしようか。

オフィーリアにはもう少し長いくらいがちょうど良いけれど、私にはやっぱり似合わない。

つい、ボサボサだった時代を思い出してしまうからだ。

「これから最後のチェックがあるんだっけ」

おぐちんの言葉に、珠理が頷く。

「バミリっていうの？　委員長が貼った蓄光テープで立ち位置を再確認するって言ってたけど……必要あるのかしら」

「珠理は最初から完璧だったもんね。私はまだ不安だなぁ」

「俺も。序盤は一人であっちこっち移動するから、それこそテープの光が頼りなんだよ」

じゃあそろそろ行ってくるね、とおぐちんに手を振り、演者の私たちは揃って体育館に向かった。

衣装の点検をしていた委員長が、やっと来ましたねと口の端を持ち上げる。

ひりひりした本番前の空気を、一番楽しんでいるのは委員長かもしれない。

「今回は最後のシーンから順番に確認しましょう。舞台で使う道具がちょうど順番どおりに片付けられますからね」

　確かに、最初からチェックしていくとまた取り出して仕舞い直さなければいけなくなってしまう。さすがの委員長は段取りまで完璧だ。

「ほんっと、隙がねぇよな」

「慣れてるだけですよ」

「もしかして中学んときは演劇部だったとか？」

「子役だったんです。小学生の頃まででですけど」

　ええっ！　と周囲にいた全員が驚きの声を上げる。私も同じだ。

「でもテレビに出たことはありませんよ。舞台での子役だったので」

「ああ、何だ。え？　いや、でも普通にすごくね？」

「昔の話です」

　だからこんなにも台本作りや舞台の準備がスムーズだったのか。

　演出家としての指摘も、素人目ながら的を射ているものが多かったように思う。

「じゃあ農夫の娘役の後藤(ごとう)さんはここへ。高嶺(たかみね)さんは後ろで倒れていてください」

「あ、そうだ。ここの立ち位置なんだけど……逆の方が良くないかな」

　私はふと思い出して口にした。

　平さんがずっと気にしていた、ラストのシーンだ。

「俺もそっちの方がいいと思う。オフィーリアの顔よりも、農夫の娘の顔が見えた方が──」

「駄目です。肝心のオフィーリアの表情の変化が見えなくなってしまいますよ？」

「でもさ、このときは客と倒れたオフィーリアが同じ目線になるだろ？　正気に戻った彼女が、一番最初に目にしたものの姿をはっきりと見せつけた方が……なんつーんだろ、オシャレな感じっつーか」

「効果的に映るんじゃないかってことだよね」

　平さんが言っていたことを思い出しながら、私も補足する。

「うーん……確かに、言われてみればそうですね。オフィーリアのように壊れてしまう可能性は誰にでもある。その救いの手を、客席からしっかり捉えるのは重要でしょう」

　わかりました、と言った委員長の一声で、私たちは立ち位置を変えることになった。

　すぐに発泡スチロールでできた岩に掴まって横たわり、目を瞑る。

　娘役の後藤さんが、テープのところへと近づいてきた。

　歩くたびにギィ、ギィ、とそこそこ大きな音がする。うちの高校は古く、体育館のステージも年季が入っている。だからあまり気にする必要はないと思っていた私の耳に、バキッと更に大きな音が響いた。

　次の瞬間、ドタドタと駆け寄ってきたのは北条くんだ。

驚いてパッと目を開けたそのとき、全力で後藤さんの手を引く北条くんが見えた。

しかしすぐに二人の足元にあった板が、無情にも割れてしまう。

見ると、蓄光テープが貼ってあった二枚分だけが不自然に抜け落ちてしまっていた。

キャーという声を上げたのは珠理だ。事故の瞬間を、袖にいた彼女ははっきりと目撃したのだろう。

ステージの下にいた生徒たちからも、どよどよと心配する声が上がっている。

「どうして、こんな……！」

私は驚いて二人に近づくと、片足がはまっていた後藤さんに手を伸ばした。それから北条くんにも支えてもらいながら引っ張り上げる。

彼女の白い靴下は、板の切れ目で擦ったのか血だらけだ。

見ているだけでも痛々しく思えて、胸が苦しくなる。

しかしもっと大変なのは北条くんの方だった。

落ちた足を上げて踏み込もうとした瞬間、ぎゅっと眉を寄せてうずくまる。

「い、痛いの？」

「少しだけ、な」

「ごめん……ごめんね！　私が、立ち位置を変えてほしいなんて言ったから――」

「それなら俺だって同じだろ。それに、あのシーンは逆の方がいいって平も――」

「落ち着いてください、二人とも。あなた方の意見を呑んだのは私です。責任は私にあります！」

駆けつけた委員長が、振り向いて袖に声をかける。

「先生を呼んできてください！　ついでに担架もお願いします」

委員長の指示に、他の生徒が次々とステージを下りていく。

「後藤さん、立てますか？」

「い、たた……何とか、大丈夫」

「北条くんは……聞くまでもありませんね」

怪我をして血が出ているということはないが、伝い落ちる脂汗が尋常ではない。

「俺だって大丈夫だ。体重をかけなければ何てことない。しっかり冷やしてテーピングで固めれば……」

「駄目です。あなた、テニス部のレギュラーでしょう？　ここで無理をしても良いことはありませんよ」

「ピィ‼」

瞬間、彼氏の愛称を呼びながらステージ前の階段を駆け上がってきたのはおぐちんだ。その後ろには平さんの姿もある。騒ぎを聞きつけて、わざわざ体育館までやってきたのだろう。

嘘だよね、と言いながら北条くんよりも動揺していたおぐちんが、ついには大粒の涙を零し始めた。

「私も袖で見ていればよかった。そうしたら、テープが貼ってあった板が割れて怪我をする前に助けられたかもしれないのに」

「……落ち着けって、乃々果」

「でもでもぉ…」

誰よりも心配している彼女は、まさに恋人の鑑だ。

「ねぇ、ちょっと見てよ！　これ……」

最初に叫び声を上げていた珠理が、おぐちんの様子を見て逆に落ち着きを取り戻したらしい。

二人が落ちた穴の底から拾い上げた板を持って、委員長に渡している。

「明らかに人の手が加わってるわ」

古い体育館だからこういうこともあるのかと思っていたが、テープつきの板にはしっかりとした切り込みが入っていた。

少なくとも、経年劣化による事故でないことだけは確かだ。

「今日のステージチェックは、私たちが一番最初でした。そのことを知っているのは生徒会、文化祭実行委員、それから次に最終確認をする予定だった吹奏楽部と……五組のクラスメイトです。その中で、テープによる立ち位置まで知っていたのは演出をしている私と、演者であるあなた方だけです」

「つまり、私たちの中に犯人がいるって言いたいの?」

馬鹿馬鹿しいと吐き捨てた珠理だったが、彼女の目には色濃い不安が浮かんでいる。

「今来たばかりの僕にはまだ状況が理解できていないんだが……この位置には本来、高嶺さんが立つ予定だったんじゃないのかい?」

「うん。でも、平さんが話してたラストシーンがすごく良かったから……」

「俺とたかねちゃんで委員長に打診したんだよ」

「私はそれを承諾しました。でも、もちろん拒否していた可能性だってあります。そう考えると、狙われたのは高嶺さんと考えるのが妥当でしょうね。もともとは逆の位置だったわけですから」

「じゃあたかねのせいで、ピまで巻き込まれたってこと⁉」

「やめろよ、乃々果」

「だって……ピはレギュラーなのに」

レギュラーという単語に顔色を変えたピ、もとい北条くんが足首を押さえながら息を吐いた。

「みんな、思い出してくれねぇか。このステージチェックを最後のシーンから行うなん

て、委員長以外誰も知らなかったよな。でも演出家である委員長がこんなことをするはずがないから……犯人は他にいる」

縦にまるめて腰ポケットに突っ込んでいた台本を取り出した北条くんが、一ページ目を開いた。

「最初は父の死に悲しむハムレットの独白だ。俺は一人で城壁に立って、それから舞台上をあっちこっち歩くことになってた」

「じゃあ、本当に狙われたのは北条くんってこと？」

私の声に、全員が顔を見合わせる。

「君、何か心当たりでもあるのかい？」

平さんが問いかける。北条くんの顔はわずかに青ざめていた。

「まぁ、ないことはないな。テニス部はアメフト部と並んで強豪だし、一年でレギュラーなんて面白くねぇと思うやつもいるだろ。気の良い連中だしライバルだと思ってるけど……やっかみの対象でもあるのは間違いねぇよ。いや、そうに決まってる」

それは、何か決めつけるような言い方だった。

「うーむ。しかし、それなら舞台上で犯行に及んだりするだろうか」

否定したのは平さんだ。彼女は立ち上がり、顎を押さえながらそれこそハムレットのように舞台をうろついている。

「テニス部なら、もっと他にチャンスがある。部室でも、コートでもいい。板を半分切るといった面倒な真似をしなくても済むだろう？」

「だったら、単にバレたくなかったんじゃねぇのか？　自分が犯人だって」

「それこそ人数が限られる舞台ではなく……教室や下駄箱など不特定多数が出入りする場所を狙った方がいい。屋上にでも呼び出して階段から突き落とすだけでも効果は充分だ」

「おまえ……迫真顔で怖いこと言うなよな」

　立ち止まった平さんが、ぽっかりと抜けた板の隙間を見る。

「切れ目が入っているのは半分だけだ。もしかしたら、ここまで大事になるとは思っていなかったのかもしれない。特定の演者を狙ったというよりは、舞台そのものを狙ったと考えるべきだろう。ステージに不備が見つかれば、上演を中止せざるを得ないし――」

「あ、先生が来た！」

　平さんの推理を遮ったおぐちんが、涙を拭きながらこっちです！　と手を上げる。

「犯人捜しはおしまいです。皆さん、すべては亡霊の仕業ということで、どうか内密にお願いしますね」

「亡霊？」

「ハムレットに亡霊はつきものです。舞台は、必ず上演します」

　立ち上がった委員長が、カチャリと眼鏡を押し上げた。

「このくらいの穴であれば、看板用のベニヤ板を使えばどうとでもなります。底は浅いですし、下に何か詰め込んで補強すれば踏み抜く心配もないでしょう。私が言うのもなんですが、うちのクラス担任はトラブルが大嫌いです。きっと賛成してくれるでしょう。今回のことも、ちょっとした破損程度の報告で済ませるはずです」

「最低だな、あいつ」

「まぁおかげでのびのびと委員長権限を行使できるので助かっている部分もあるんですけどね。皆さんは気にしないでください。もしものことがあったら、全責任は私が取ります」

断言した委員長が、黒いスキニーのズボンを持ってきて裾をちょきちょきと切り始めた。それは北条くんが穿くはずだったハムレットの衣装だ。

タイツはどうしても嫌だと言うから、近所のウニクロで急遽用意したものだった。

「な、何してるのよ！　まさかあんたまでどうかしたっていうの？」

驚いている珠理に、委員長が首を振る。

「ふふっ、狂気に侵されたハムレットは私が演じます。農夫の娘ならまだしも、あの長台詞を覚えているのは私だけでしょうから」

「ま、待って！」

シャツの袖にも手をつけようとした委員長を、私は身を乗り出して咄嗟に止めた。

「ハムレットができる人なら、ここにもいるよ」

「もしかして、ピに無理をさせるつもり？　そんなこと、私が許さないんだから」

　顔を真っ赤にして怒鳴るおぐちんに首を振る。

「平さんだよ。新しいハムレットは、平さんでどうかな」

「平凡さんが？　無理よ～絶対無理！」

　鼻で笑う珠理を見ながら、私の方が悔しさを覚えた。

　珠理が一体、彼女の何を知っているというのだろう。

「平さん、ハムレットの台詞、全部言えるでしょ？」

「ん？　ま、まぁね。僕にかかればシェイクスピアの長台詞くらい何てことないさ」

　慌てていつものキャラを取り戻した平さんに、北条くんも納得顔だ。

「平なら安心だな。こいつ……立ち位置や小物の使い方まで完璧に把握してたし」

「そうなんですか？」

「高嶺さんの練習に付き合っていただけさ。もともと、古典芝居は嫌いじゃないんだ」

　話の途中で、先生が持ってきた担架に乗せられた北条くんが運ばれていく。同じく怪我を負った後藤さんは、保健室の先生に肩を貸してもらいながら階段を下りていった。

「わかりました。主役の……オフィーリアの意見を尊重します。ぶっつけ本番にはなりますが、平さんのハムレットに期待しましょう」

＊＊＊

委員長の手によって短くなったハムレットの衣装は、偶然にも平さんにぴったりだった。ズボンは切りっぱなしだが、袖なんかめくってしまえば最初からそういうだぼっとした衣装なんだという雰囲気も感じられておしゃれだ。

「僕はこんなこともあろうかと、百六十センチ手前で成長を止めておいたのさ」

「へぇ、あんまり高いと女の子にモテちゃうからだと思ってた」

「確かに、それも一理ある」

彼女はいつもの片目だけを隠したスタイルでニヤリと笑ってみせた。

後ろは長すぎるからと結い上げられ、傍（はた）から見るとショートカットのようにも見える。

メイクは施されなかった。

本当は目の下にクマでも作ろうか、という話もあったが、いつものジト目が一番ハムレットらしいという話に落ち着いたのだ。

「いよいよ本番か」

暗幕の影に立っている小声の平さんの、小さな手のひらがわずかに震えている。

私だけが、彼女の緊張を確かに感じ取っていた。

「平さん、覚えてる？」

「ん？」

「いざってときは、守ってあげるっていったでしょ」

ぐっと、目の前で拳を握って見せる。

「別に戦いに行くわけじゃないんだから」

まったく変わった子だよ、君は。

そう呟（つぶや）いた平さんに、私はそうだね、と同意して手を伸ばした。

未（いま）だに震えていた手に、そっと触れてみる。

いつもなら振り払われているはずなのに、今日はぎゅっと握り返されて驚いた。

思わずその横顔を見つめるけれど、彼女は何も言わず口も閉じたままだ。

「大丈夫。絶対に平さんを……ハムレットを助けるから」

私は嬉（うれ）しかった。

頼られていることが嬉しかった。この手に伝わる体温が嬉しかった。

オフィーリアはハムレットのヒロインだけれど、私は平さんのヒーローになるんだ。

開演のブザーが鳴る。まるで、リレーのスターターピストルみたいに。

「ああ、この肉体が溶けてなくなってしまえばいい……！」

頭を抱えた平さんが、黒いマントをなびかせて舞台に立った。

スポットライトが当たっている平さんは城壁の背景を前に闇を抱え、父の死に悲しみ、叔父を恨み、母を蔑み、恋人をも信じきれなくなっているハムレットそのものだ。

私はぞくりと鳥肌が立つのを感じた。

「いいですね、彼女」

側で、委員長がぽつりと呟く。

冒頭の長台詞は完璧だ。

さっきまでは同じくらいの背丈で微笑(ほほえ)んでいたのに、今は誰よりも大きく、堂々として見える。

「少し大仰で不器用ですが、この拙(つたな)さがハムレットらしいとも言えます。何たって、大根役者の代名詞ですからね」

「そうなの？」

「英語圏ではハム役者なんて言葉もあるんですよ」

大根とハム、何だか面白い組み合わせだ。

私は委員長の話を聞いているうちに、少しだけ緊張がほぐれるのを感じた。

「さぁ出番ですよ、オフィーリア。行ってらっしゃい」

ポンと背中を叩(たた)かれて、静々と歩き出した。

この日を誰よりも夢見ていた脚本家兼演出家が、あんなにも自信にあふれた顔で見守ってくれている。それだけで、私は何もかもが上手(うま)くいくような気分になった。

物語は中盤へとさしかかり、私と平さんが一番力を入れていた掛け合いのシーンがやってくる。

――生きるべきか死ぬべきか、それが問題だ。

またもやってきた長い台詞の後で舞台が暗転する。

すぐにシーンが変わり、私は平さんが待っている舞台の中央へと駆け寄っていった。はずだった。

ひらひらした長いドレスが、新しく貼りつけたばかりのベニヤ板に引っかかってしまったのだ。

あ、と小さな声が漏れた。

別に死ぬわけでもないのに、目の前の景色がスローモーションになる。

受け身を取らなければと思ったが、今の私はオフィーリアだ。か弱い彼女が、そんな動きをするはずがない。

次の瞬間、私は床にぶつかる衝撃を感じることもなく受け止められた。

平さんの細腕が、私を抱き留めてくれたからだ。

「ハムレット様、お元気ですか」

見つめ合いながら、私は尋ねる。まずはありがとうございますと言うべきところだが、バクバクとうるさい心臓のせいで決まりきった台詞しか出てこなかった。

何と美しい、と呟く平さんも、本来ならば元気と言えば元気だな、と返すはずのシーンだ。

「その台詞は、もうちょっと先だよ」

お互いに動揺している。

小声で指摘すると、慌てたハムレットが私を立たせて距離を置いた。私は改めて、すうっ、はーっと深呼吸をして心を落ち着かせる。

「贈り物を……お返ししたいと思っていました。受け取っていただけますか」

ハムレットは、いや、平さんは黙っている。

「オフィーリアよ」

「はい」

「俺はわからないのだ」

「は？　何のことでしょう」

本来ならば、いくつかの台詞を重ねた後で何を言っているのかわかりませんと私の方が俯くはずだった。見ると、平さんの顔から血の気が引いている。

私はすべてを悟った。

「オフィ――」

「その目ではっきり致しました。わたくしの操を信じられないと思っておいでなのですね」

「ええっと」

「わたくしの、慎みや恥じらいを疑っていらっしゃるのですか⁉」

「あー……」

「つまり愛してはいなかったと、そうおっしゃりたいのですね？」

「その」

「ひどい！　ひどいわ！」

「あ、あああ尼寺へ行けぇッ！」

ようやく台詞を思い出した平さんが、再び長い時間を使ってオフィーリアに切々と説いている。罪を犯した叔父へと早々に心変わりした母親への強い疑念。その影響により、恋人までも遠ざけてしまう有名なシーンだ。

正気を失ったと見せかけていたハムレットが、本物の狂気に侵され始める。

その狂気に触れたオフィーリアもまた、父の死をきっかけに壊れていくのだった。

何て悲劇だ。

私はハムレットに突き放された瞬間、崩れ落ちるように倒れ込んだ。声を上げて泣くシーンだが、本当に涙が零れた。

私の中にはいないと思っていたオフィーリアの心が、恋愛という拙く脆(もろ)い感情を纏(まと)って浮き彫りになっていく。

どうして、どうして、と。

私たちは大切な選択をいくつも間違ってしまった。本当ならば、幸せになれる道筋だってあったはずなのに。

それからは花を渡して、唄い歩きながら思う。

恋は恐ろしい。恋人は恐ろしい。

平さんの言っていたことは本当だったんだ。

彼女が一生懸命編んでくれた花冠を、柳の枝にかけようと足を踏み出した。そのとき。

「あっ……」

大きな効果音が鳴り、私はステージに用意された川の絵の中に沈んでいく。

不思議と、息をするのも苦しくなってしまった。

シェイクスピアに描かれているオフィーリアの、ラストシーンだ。

本来であれば溺死だと伝えられるシーンで、舞台は暗転し、最後の背景に変わる。

そう、彼女は死んでいなかったのだ。

「え？　だ、誰？」

台本どおりの台詞だが、私は心の底から思ったことを口にしていた。

目の前には、農夫の娘らしく小花柄のワンピースにエプロンをつけた可愛(かわい)らしい少女が立っている。

「あなたこそ、だあれ？」

透き通った少女の声が、耳たぶをくすぐるように通り抜けていった。

「もしかして、天使が落ちてきたのかしら。川を流れてこの岸に辿り着いたのね」

美しいわ、と言われて頬が熱くなる。

差し出された手を掴むと、彼女は私を立ち上がらせてふふふ、と微笑みながらくるくると回った。

咲き誇る背景のスミレからは、瑞々しい香りまで漂ってきそうだ。

壊れてしまったのではなく、無垢で純粋な笑い声を聞きながら幕が下りていく。

割れんばかりの拍手と歓声が体育館中に轟いている。

あれほど気に入らないと思っていた新しい結末が、胸の奥にすとんと落ちていくのを感じた。

＊＊＊

「委員長、そりゃ古典的すぎだって」

足首に包帯を巻いた北条くんが拍手をしながら笑っている。

眼鏡を外して三つ編みをほどき、ほのかに化粧を施した委員長は小さな顔にくっきり二る。


重の可憐でいたいけな美少女だった。

眼鏡は近視の度がきつくなるほど瞳を小さく見せてしまうから、彼女の変貌ぶりも頷け
る。

私もまた、瓶底眼鏡とボサボサ頭をやめたことでたかねちゃんなんて言われるようにな
ったからだ。

「おいおい、マジかよ！」

「めっちゃ可愛いじゃん」

撤収作業中にも、男子は夢中になって騒いでいる。

しかし当の委員長は袖に来てすぐに眼鏡をかけると、下ろしていた髪も三つ編みに戻し
てしまった。

「鬱陶しいんですよ」

私はため息をつく委員長から、ひっそりと本心を聞いた。

「こうでもしていないと、モテてモテてしょうがないんです。高嶺の花は面倒でしょう？」

恋人が怖いと言っている平さんからはどこか虚勢を張っている様子が窺えるが、委員長
の目は大マジだった。

子役をやっていた頃に、嫌と言うほどその経験を味わったのだろう。

私は少しだけ、その頃の彼女が見てみたくなった。

今と変わらず気の強い性格だったなら、きっとクラスでは一軍グループに所属していたことだろう。

「いやぁ、すごかったな」

北条くんは、まだ興奮冷めやらぬ様子でおぐちんに同意を求めている。聞かれたおぐちんは、どこかぎこちない笑顔だ。

彼氏が他の女性を褒めるところを聞くのが嫌な気持ちは、恋愛に疎い私にだってわかる。

私はぽんとおぐちんの背を叩いて、スミレが綺麗だったことを伝えた。

ラストシーンの背景は、おぐちんが一人で仕上げていたことを知っていたからだ。

「私は、別に……」

「でもすごく華やかだったよ。北条くんの怪我も、すぐに治りそうで良かったね」

私はじゃあと手を振って舞台袖から階段を下りる。

着替えのために借りた控え室代わりの生物講義室へ向かうと、ちょうど出てきた平さんが顔を上げたところだった。

まだ、ハムレットの衣装のままだ。

「あれ？　着替えは？」

「どうも舞台袖に置いてきてしまったらしいんだ。僕だけ代役だったから段取りがわからなくてね」

「でも本番はすごかったじゃん。長台詞も完璧だったし、立ち居振る舞いも堂々としていて格好良かったよ」

「君は本当にお世辞が上手いな。大切な掛け合いをあんなにもしくじってしまったのに」

不甲斐ないよと言って、平さんが俯く。

彼女はときどき、キャラを忘れて落ち込むことがある。

真面目で緊張しやすい一面を持ち合わせていることも、私はよく知っていた。

それを殊更に可愛いと思う。

皆に吹聴して回りたい気持ちにもなるし、どこか秘密の場所へと仕舞いこみ、隠してしまいたい気分にもなった。

「でも結果的には大成功だったんだから、終わりよければすべてよしってやつだよ！　あの場でハムレットの台詞を覚えてたのは、委員長を除けば平さんだけだったんだし……みんな感謝してるよ」

当然のフォローにも納得がいっていない様子の彼女だったが、最後にはふっと諦めたように笑った。

「まぁ確かに、元はといえば君の責任でもあるからね」

「私？」

「躓いた高嶺さんを抱き留めた瞬間、僕の頭の中の台詞が全部吹き飛んでしまったのさ。

それに完璧にすればするほど告白される確率が高まってしまうからね」

もう、いつもの平さんだ。大げさな身振り手振りで、本音を隠して虚勢を張っている。

私は控え室に戻らず平さんの隣に並んだ。

まだ舞台に立っているのだと、錯覚してしまいそうだった。

スポットライトの熱。暗がりでほとんど見えない客席。委員長からの熱い眼差し。

沸き立つ興奮が、終わった後の歓声が、全身に染み付いている。

「私の着替えも後にしよっかな。平さんも、全部のステージプログラムが終わるまでは戻りにくいでしょ？」

「でも……」

「一人だけハムレットの格好してるなんて目立っちゃうし……舞台を観てた人から声をかけられるかもしれないよ？　一目惚れされて、告白されるかも！　友達としては、怖がる平さんを放っておけないもんね」

「そんなこと言って、本当は僕と一緒にいたいだけなんだろう？」

「えへへ、バレた？」

私は冗談めかしてぺろっと舌を出す。平さんは驚いて、すぐに顔を背けた。

一体どんな表情をしているのだろう。

私は最近、平さんの心の内側ばかり気にしている。

今、なにを考えているのか。私を、どう思っているのか。

「まずは腹ごしらえかな」

そっぽを向きながらの提案に、苦笑しながら頷く。

「早く行こう!」

自由になった私たちは、衣装を着たままで各教室をひやかして回った。

ハムレットの衣装は、切りっぱなしの裾がほつれてしまっているし、私が着用したオフィーリアの衣装も転倒というアクシデントによって内側のペチコートが裂けているから保管せずに破棄するらしい。

少しもったいない気はするが、おかげで食べ物などがついて汚してしまうことにも罪悪感はない。

私は無駄に長かったスカートの裾を摑んで歩きやすいように結んだ。

制服よりは長い、膝丈の辺りだ。

デンマーク王妃になるはずだった女性には相応しくない格好だが、空手をやっていた高校生の私にはちょうど良い。

午前中は事件があったし、立ち位置の再確認やらでとにかく忙しかったので本番を終えて肩の荷が下りた今が一番気楽に過ごすことができる。

平さんは嫌がっていたが、途中でコスプレスタジオにも寄った。

ハムレットとオフィーリアで記念撮影がしたかったからだ。

さっき舞台を踏んだばかりだとわかると、持ち込みの衣装も快く受け入れてもらえた。

平さんは最初こそ「撮影なんて……」と戸惑っていたが、最後には撮影係の男子にいいぞ、いいぞ、とよいしょされかなり格好を付けた仕上がりになっていた。

こんなところは、実に平さんらしい。

私はすぐにプリントしてもらえた写真を眺めながら、うんうんと満足して頷いた。

五組の案にも出ていたものだが、結果的には委員長の言うとおりにしていていて正解だった。他のクラスと被っていたら、とても面倒なことになっていただろう。

来年は何が良いかな、と、もうそんなことを考えてわくわくしてしまうくらいには、今日を楽しんでいる私に、平さんも何だか嬉しそうだ。

「食べ物は何にしようか。焼きそばに、たこ焼きに、コロッケに……」

「君は意外と食いしん坊なんだね」

「午前中、何も食べられなかったから」

朝も随分と緊張していて、焼いていないパンを一口齧っただけだった。

「甘い物はこっちの方だっけ」

一階の昇降口から外に出て、テニス部の屋台を捜す。

かなり混んでいたけれど、チョコとクッキークリームのダブルアイスは無事にゲットすることができた。何だか暑くなってきたからと、平さんからの提案だ。

「半分こにしようね」

「どうしてもというのなら、仕方が無いか」

平さんはフフンとご機嫌に鼻を鳴らしている。

私たちは揃って中庭を通り、空いているベンチを探した。

いつもならすぐに見つけられるが、今日は人も多いから臨時で用意したパイプ椅子まで埋まっている。

教室の方にでも戻ろうかと考えていた瞬間、背後から低い声が届いた。

「あれ？　彩菜？」

この学校で、私を彩菜と呼ぶ人はいない。

高嶺の花のたかねちゃん。それが私のあだ名だ。

だから一瞬、振り向くのが怖くて固まってしまった。駆け巡るのは、中学校のときの嫌な記憶だ。

「やっぱり彩菜じゃん。久しぶりだな！」

「もしかして、がっちゃん……？」

見慣れない茶髪と、無造作風に整えられた前髪。耳には大きなピアスをしていて、最初は本当にがっちゃんか疑わしいほどだった。

「体育館でやってたオフィーリアって、お前だったのかよ！　似てるなとは思ったけど、まさか本人だとは思わなかったわ」

　硬派で無口だったがっちゃんが肩を揺らしながら笑い、大声で絡んでくる。

　隣には平さんもいるのに、視界にすら入っていないようだ。

「空手、辞めたの？」

　どうしてそんなことを聞いたのかはわからない。

　こんな格好を、師範が許してくれるはずもないことはわかっていたのに。

「うわ、なちー！　もうとっくに辞めちまったぜ。もともと長く続けるようなもんじゃないだろ。それで飯が食えるわけじゃないしな」

「ふうん。何か、変わったね」

「お前にだけは言われたくねぇよ！　そんな可愛くなるんだってわかってたら、最初っからツバつけとくんだった」

　え、と私は小さな声を漏らす。

　隣にいた平さんが、ぎゅっと拳を握るのがわかった。

　片方しか見えていない瞳が、ギロリとがっちゃんを睨みつけている。

「つーか今気づいたけど……そっちのあんた、ハムレットだよな？　結構良かったぜ！　途中ですげぇ台詞飛ばしてて最高に笑った」

「平さんはトラブルで、突然の大抜擢だったんだよ！　長台詞は完璧だったし、あの掛け合い以外にミスは一つもなかったんだから」

へぇ、と言いながら今更のように平さんをまじまじと眺めたがっちゃんが、小馬鹿にしたように口の端を持ち上げた。

「近くで見るとちっせーな。女かと思った」

女の子だよ！　と反論したかったが、余計に興味を持たれても面倒だ。

私が悩みながらも黙っていると、平さんが口を開く。

「言い換えれば舞台では大きく見えたということだから、褒め言葉として受け取っておくよ」

がっちゃんが眉を顰めたそのとき、派手な女子が数人ほど集まってきた。化粧が上手な珠理たちとは違い、行き過ぎたコテコテのアイメイクが気に掛かる。

竜也ー何してんのー？　という間延びした声は、中学の頃に付き合っていた彼の恋人からもかけ離れた存在だった。

もちろん、憧れなんてない。

「じゃあ、僕たちも行こうか」

平さんからポンと、ぎこちなく背を叩かれる。

ここにいたら、私たちのせっかくの文化祭が嫌な思い出に変わってしまうと気づいたのだろう。

私も納得して歩き出そうとしたそのとき、また大きな声で「おまえさ」と呼び止められた。

「まさかこんな奴と付き合ってんのか？　やめとけよ」

それはこっちの台詞だと思ったが、言わないでおいた。

別に構わなかったからだ。好きだった人がどう変わろうが、誰と付き合おうが。

「信じらんねー！　何か前髪もなげーしよぉ」

おい、聞いてんのか。とがっちゃんが平さんにまで絡もうとしてくる。

「何言ってるの⁉」

私は振り返り、声を荒らげた。私だけならまだ我慢できたが、平さんを巻き込むのであれば話は別だ。

「付き合うわけないじゃん」

「そうだよな、びびったー」

「私ごときが、平さんに釣り合うわけないでしょ？」

にっこりと首を傾けると、隣からも驚いた声が届いた。

もちろん目の前にいるがっちゃんは、更に驚愕して目を見開いている。

「冗談……だよな」

「そんなつまんない冗談言うわけないでしょ。がっちゃんじゃないんだから」

「アアン？」

「本当に見る目なくなっちゃったんだね。みーんな平さんに告白したくてうずうずしてるんだよ。私はすぐにフラれちゃったから、今はただの友達だけど……」

ね？　平さん。そう言って同意を求めると、平さんは戸惑いながらも頷いた。

「趣味悪っ！　そもそも何でこいつが主役なわけ？　演技もくさかったし、何かひょろいしさぁ」

「主役は私だよ！　本当にちゃんと観てたの？　台詞の意味わかった？　がっちゃんって昔から国語の点数ひどかったもんね」

「お前だってそうだろ！　さっきから何なんだよ。喧嘩売ってんのか？」

「そうだよ。わかったならさっさと買えば？　絶対負けないから」

ざぁっと、砂埃を巻き上げるように風が吹いた。

私はそれでも決して目を逸らさず、真正面からがっちゃんの方を向いたままだ。

「た、高嶺さん！　おおお落ち着いて！」

平さんが必死な様子で割って入る。

急な展開に、まだ付いてこられないようだ。

「……平さん、こいつは亡霊だよ」

堪らず、私は宣言した。

臆病だった心の奥底に住まう、初恋の亡霊だ。

「無益な血が流れる前に、ぶっ倒さないといけないの！」

まるでハムレットのようにおかしなことを言いながら、私は持っていたチョコアイスのカップを平さんに預けて両手で構えた。

びりびりと、血肉が沸き立つのを感じる。

「いいぜ？　来いよ。最後の稽古で俺に負けた屈辱を思い出させてやる」

「それまで私が全勝してたことを忘れてるがっちゃんは、相変わらず記憶力が無いね。高校に入っても、お勉強はからっきしなのかな？」

騒ぎを嗅ぎつけたのか、徐々に野次馬が集まってくる。

がっちゃんが引き連れていた女子たちは、フランクフルトやわたあめを食べながらどっちも頑張れーと適当な声援を送っていた。

案外、根は良い人たちなのかもしれない。

「始めるよ」

ヒュッと、息を吸い込む。

私が空手を辞めてから、習った技を使ったのは一度だけ。

それも期間限定で通っていた塾の帰りに、気まぐれを起こしたというだけの話だ。

ちょっとやんちゃな不良に絡まれていたのは、同じ塾に通う女子中学生だった。

路地裏の暗がりで、塾のロゴが入ったクリアファイルが月明かりに照らされていた。

あ、と思った。

たぶん。私もむしゃくしゃしていたんだ。どうにかしてこの苛立(いらだ)ちを発散させないと、誰かに当たり散らしてしまう。そんな風にさえ思っていた。

ちょうど、パパに新しい恋人ができた頃でもあった。

全員を片付けるのに、数秒もかからなかったと思う。

助けた人からは、後に丁寧なお礼の手紙まで届いたから、あれは間違いなく善行だったはずだ。

しかし私が今からやろうとしていることは、決して褒められた行いではない。

かつてのライバルに喧嘩を売って、わがままな理由から勝負を付けたいだけだった。

ダッと足を踏み込む音がする。いきなり顔面を狙ってきたのはがっちゃんだ。

以前の彼であれば、まずは間合いを取って冷静な判断ができていたはずだった。

周囲の状況も見えず、先手必勝とばかりに無謀な攻撃を仕掛けるがっちゃんは、もうライバルだった頃のがっちゃんではない。

私は瞬時にジャンプしながら後ろに下がると、そのままくるりと間合いを詰めて回し蹴りを繰り出した。

左腕でガードされたが、掴まれる前に足を引いて裏拳を食らわせる。

全身の毛穴がぶわりと開き、毛細血管が刺激されるのを感じた。

すぐ側では、溶けかかったアイスを持つ平さんが見守ってくれている。

「二人とも！　僕のために争うのはやめたまえ！」

「勘違いもほどほどにしろ！」

「そんなこと言って気になってるんじゃないの？　可愛い顔してるって興味津々だったくせに」

「小さくて女みたいだって言っただけだ！　誤解を生む発言はよせ！」

「素直じゃないんだから。ツンデレもほどほどにしときなよ」

がっちゃんは真っ赤になって、その顔からは本当に湯気が出そうなほどだった。

情けない。すっかり煽り耐性が低くなった彼はもはやかつての仲間ですらもない。

「ほら、早くおいでよ」

私は許せなかった。

平さんを馬鹿にされたことも、がっちゃんに恋をしていた自分も。

「来ないなら、私から行くよ！」

ハァッ!!　と声を上げて正拳突きをする。これはブラフだ。避けられることをわかった上でがら空きだった下半身の急所を右膝で狙った。

つまりは金的だ。

嫌な感触と共にグァッと声がして、がっちゃんはすぐにへたり込む。

「お、おま……それは反則だろ」

「最初にルールを侵したのはそっちでしょ？　顔面を狙うなんて師範が見てたら大目玉だよ」

見ていた女子たちも、そーだそーだ！　と笑いながらキャッキャと騒いでいる。

誰も、がっちゃんに同情している風ではない。

彼の学校での立ち位置が、何となくわかったような気がした。

だったらもう構わないか、と情けない声でうずくまるがっちゃんを置いて、私は平さんの手を引く。

「行こう！」

先生が来る前に二人して中庭を駆け抜ける。

初恋の亡霊は消えた。

さらば、さらばというハムレットの父の声が蘇(よみがえ)ってくるようだ。

「ス、ストップ……も、もう、走れないよ」

「ああ、ごめん！」

重たい衣装を着て、気がつけばグラウンドの端までやってきた私たち。

平さんはぜえぜえと息を吐きながら、ゆっくりと顔を上げて預けていたチョコアイスを渡してきた。

「すっかり溶けてしまったね」

「私、好きだよ。このくらいが一番美味しいもん」

一口食べて、やっぱり美味しいと声に出す。

ただの強がりだ。本当は、ちゃんと冷たいうちに食べたかった。

だから平さんのクッキークリームも同じくらいに溶けていて申し訳なくなる。

「君は本当に強いな」

「うん」

「まるでヒーローみたいだった」

「うん」

「だから、そんなに泣く必要はどこにもないと思うよ」

彼が好きだったんだね、と呟く平さんに、私は首を横に振る。

正気に戻っただけだよ、と。

頭の中には、がっちゃんと過ごした日々がしつこく駆け巡っている。

彼は、私の小学校時代のすべてだった。

校庭の花壇には、たくさんのブルーサルビアが咲いている。

おぐちんが描くスミレに似た、綺麗な紫色の花だった。

＊＊＊

しばらくは二人で、花壇の隅に座って時間が過ぎるのを待った。

体育館で行われる最後の催しは音楽部による合唱だ。それが終わったら、グラウンドに集まって後夜祭が開かれる。

一番盛り上がったクラスには、生徒会から表彰状が送られる予定だ。

「そろそろ行こうか。立てる？」

「平気だよ。がっちゃんは二度と立てないかもしれないけど」

強がって、また泣きそうになる。

笑ってほしかったのに、平さんは真面目に頷くだけだ。

グラウンドへと集まっていく生徒の波に逆らって歩く私たちは、たわいもないおしゃべりを続けながらすっかり静まりかえった体育館に戻った。

「すごい、誰もいないね」

朝には綺麗に並んでいたパイプ椅子も、間隔がばらけていたり倒れていたりする。

軽音同好会で使ったと思しき紙テープが、あっちこっちに散らばっていた。

祭りの後の、何とも言えない物寂しさに目を細める。

今日という長い一日が、もう終わろうとしているのか。

「それで、どの辺りに忘れていったの？」

「ステージの袖の段ボールに仕舞ったはずなんだが……」

平さんの後に続いてステージに上がると、舞台下手の方からガタンッという奇妙な音がした。私と平さんは目を見合わせ、左側の方へと歩いていく。

大きな暗幕に隠れていたのは、まさかのおぐちんだった。

「どうしたの？　こんな所で」

「あ、うん。ちょっと……忘れ物」

演者の出入りは基本的に上手を使って行われていたが、大道具の移動には下手側が使われていた。だからおぐちんの言い分には何らおかしな点はないはずなのに、嫌な胸騒ぎが全身を駆け抜けていく。

それは平さんも同じだったようで、私の前に立ちはだかるように一歩進んだ。

「僕も忘れ物をしたんだよ。着替えた制服を、段ボールに置いてきてしまってね」

「じゃあ一緒に探してあげようか？」

「その前に、小串さんが持っているその右手のものを渡してもらってもいいかな」

瞬時に固まったおぐちんが、くっと眉間にシワを寄せたのがわかった。

「……気づいてたの？」

「ちょっとカマをかけただけだが、君の反応を見るに……どうやら本当らしいね。床板に細工をし、北条くんや後藤さんを傷つけた犯人は――」

ゴトン、とおぐちんの足元に落ちたのは、例えるならばアイロンのような機材だった。

「ジグソーか」

「何？　それ」

「刃を上下に運動させて切り進める電動工具だよ。板の形状から普通ののこぎりは使えないと思っていたから意外でもないさ」

平さんは冷静な口調だが、その首筋には妙な汗が滲んでいるのがわかった。

細長く伸びる夕日の熱のせいだろうか。

そういえば、おぐちんのお父さんはＤＩＹにハマっていると聞いたことがある。

大道具係になったのも、父親の道具が借りられるという理由からだった。

「言い訳はしないのかい？」

平さんが尋ねる。

真正面に立っているはずのおぐちんの表情は、少しもわからなかった。

暗幕の側は文字どおり暗く、夕日も届かない。

声すらも小さく、弱々しく感じるほどだ。

「待って。でも……変じゃない？　おぐちんは北条くんの彼女だよ？　誰よりも北条くんの活躍を応援してたし、舞台だって楽しみにしてた。こんなことするはずないよ」

そこでハッとした私は、慌てて口許を押さえる。

「じゃあやっぱり、私を狙ったの？　後ろのシーンからチェックすることを知っていればできるはずだよね」

いや、と首を振ったのは平さんだ。

「彼女は事件の後、僕とほとんど同じタイミングでステージに近づいていった。だから知るよしも無いさ」

そこで平さんは、一呼吸置いて話を続ける。

「ただ、こうも言っていたね。テープが貼ってあった板が割れて怪我を……と。僕と同じタイミングで駆けつけたはずなのに、君は僕の知らない情報を知っていた。それは君が犯人であるという、他ならない証拠じゃないだろうか」

「……嘘、だよね。おぐちん」

「嘘じゃない。小串さんが狙ったのは、紛れもなく北条くんだ」

ごくりと、喉が鳴る。

おぐちんは尚も言い訳をすることなく、黙って頷くだけだ。

遠くから、生徒会による閉会のアナウンスが聞こえてくる。

何十年も前にはキャンプファイヤーが行われていたそうだが、今では集まって一日の振り返りを行うだけだ。

「もっと、しっかり切り込みを入れておくべきだった」

「……え？」

「あの人が立てなくなるくらい、大事になると思ったのに」

彼氏のことを〝ピ〟ではなく〝あの人〟と呼ぶおぐちんを見るのは初めてだ。

猟奇的とも思える発言に、平さんも驚いている。

犯人は、こんな大事件になるとは思っていなかっただろうとクラスのみんなが予想していた。

「何で……そんなこと。だっておぐちんは、北条くんのことを」

「好きだよ。大好き。だから、こうするしかなかった」

別れようって言われたの。

そう、ぽつりと零したおぐちんの声が、暗幕の中に響く。

「一緒にいても楽しくないんだって」

あはは、と自嘲めいた笑みが、私の背筋をぞくりと撫(な)でた。

「酷(ひど)いよね。これまで毎日……一日も欠かさずに部活のサポートをしてきた。試合に負けたら元気づけて、料理もお菓子作りも頑張って、差し入れもたくさんした。だけど、それも迷惑だったのかな。重たいだけだったのかな」

おぐちんは、いつの間にか泣いていた。ぽたぽたと零れた涙のシミが、床に広がっていく。

「それで、こんなことを？」

ううん、とおぐちんが首を振る。

どうやら決定的な動機は、もっと他の場所にあるらしい。

「文化祭が終わるまで待ってほしいって言ったの。最後に、二人で思い出作りがしたいからって」

そういえば、最初は珠理と私を含めたいつものグループで文化祭を楽しもうと話していた。

けれどおぐちんは、彼氏と回りたいからと言って途中で断ってきたんだ。どこから行こうかと二人で仲良く話していたのを見たこともある。

「どうせなら全部回りたいから、効率的に動けるよう計画しようって言ったの。行きたいところに印を付けてねって言って渡したプログラム表がこれだよ」

目の前で広げられたのは、全校生徒に配られた各クラスの出し物と時間が記載されたしおりだった。

中身はまっさらだ。正確には白いプリントに黒字で文字が記されているが、北条くんが行きたい場所なんてどこにも記されていなかった。

「き、きっと、舞台と部活の両立で大変だったんだよ」

「ほんのちょっとの印を点ける時間はなくても、たかねと一緒に台詞合わせをする時間はあったってこと？」

「あれはオンラインだったし、委員長も──」

「じゃあ一昨日は？　二人で帰ってたじゃん」

「その日は僕も一緒だったよ。近くの河川敷にある遊歩道で台詞の練習に付き合ってたんだ」

アリバイとも言うべき決定的な発言に、おぐちんは泣き崩れる。

他に好きな人ができたと考える方が、もしかしたら救いがあったのかもしれない。

「舞台を壊そうと思ったの？」

「知らしめてやりたかったの。精神的にも、肉体的にも支えてきた私がいなくなることの恐ろしさを。怪我をして、舞台にもコートにも立てなくなった彼を慰められるのは彼女の私しかいないってことを」

「逆だろう？　知らしめられたのは君の方だ」

平さんから放たれた残酷な言葉に、私まで苦しくなった。

「そうだね……アハハッ、そのとおりだよ。バランスが悪いのはわかってた。私ばっかり、あの人が好きだって気づいてた。だから尽くさないと……たくさん尽くさないと、いつ捨てられるかわからない。たかねたちと同じグループでいられたのも、あの人がいたからだよ」

「違う！　それは、私たちが友達だから」

「綺麗事はやめて。所詮見せかけだけのグループなんだから」

え、と思わず微かな声が漏れる。

「たかねだって、いつもつまらなそうにしてたじゃない」

指摘された確かな事実に、何も言い返せなくなった。

私は一軍女子にうっかり紛れてしまっただけの見物客に過ぎない。

客席から声を上げ、はしゃぎ騒いで何になる。

だから一歩引いた場所から、珠理やおぐちんや、マキやぽんちゃんを見ていたのに。

クラスのみんなにバラして良いよ、と言いきったおぐちんは、ジグソーを拾って私たちの横を通り過ぎた。

暗幕の内側に立っていた私と平さんだけが、一歩も動けずにいる。

沈みきった夕日は、もうこの場所にすら届かなくなっていた。

「平さん……今日のことだけど」

「黙っていてほしいと言いたいのだろう？　いいさ。僕も共犯になろう」

振り返った平さんと、間近で目が合った。

「これは彼女の犯行じゃない。彼女を惑わせた恋が原因だ。ああ……恐ろしい。何て恐ろしいんだ」

まるで、芝居の続きを見ているようだった。

オフィーリアが助かったＩＦの世界線で、彼女は幸せになれたのだろうか。農夫の娘と共に、花を摘み、作物を育て、そうして一生、楽しく暮らせたのだろうか。

「いい加減、着替えに戻ろうか」

「……うん」

自然と手を引かれた私は、薄暗い舞台の中央へと連れ出された。

「僕はどうやら勘違いをしていたようだ」

「何の話？」

「君は彼女を……彼女たちのことを慕っていたんだね。早見さんや、小串さんのことを……」

「だって、友達だから」

「いざとなったら負けない、なんて言っていたのに？」

「戦ったらって話だよ。おぐちんや珠理とは戦えない。マキやぽんちゃんだってそうだよ。最初っから勝負にならないし」

けれど私はもっと、上手な負け方を学ぶべきだったのかもしれない。

そうすれば、おぐちんが事件を起こす前に、寄り添うことができたかもしれないのに。

「私ね……中学時代に、ほとんど友達ができなかったの」

うん、と平さんが小さく相槌(あいづち)を打ってくれる。

「別に欲しいとも思わなかった。扱い方がわからないし、いずれは裏切られる。でも今は……ちょっと面倒だけど、大切だなって思うよ」

「……そうか、それは良い変化だ」

平さんが、傍(かたわ)らで微笑んでくれた。

隠していた感情が、今日という日に次から次へとあふれ出してくる。

ずっと、臆病になっていただけなのかもしれない。

気づかないうちにたくさんの亡霊が、私の心に潜んでいたんだ。

《第六章　嘘か真か》

「主役だったんだって？」

　パパと一緒の外食は久しぶりだ。

　最近ママの仕事は多忙を極めていて、帰りはいつも遅い。

　例の新卒社員が退職したことで、しわ寄せがパートの全員に襲いかかっているという話だ。

　頑張っているママの愚痴を聞きながら申し訳ないとは思いつつ、私はパパとの約束を取り付けた。

「岩塩はこっちだよ」

「あ、ごめん。間違えちゃった」

　小鉢を持ってきた女将さんから、わざわざ塩でめしあがってくださいねと言われた海老しんじょの天ぷらをつゆにつけた私は、仕方がなくそれを口に運んだ。

「パパも見に行けば良かったなぁ」

「嫌だよ、高校生にもなって……」

　私は照れくさい口調でそう言ったが、本当の理由は他にあった。

もしもパパを誘うなら、ママにも同じことをしなければならない。

私は中学の頃、友達にママの過去を散々広められたあげく一人になった。

それ以降、運動会にも文化祭にも参観日にも呼んでいない。

ママを恨んでいたとか、ママの仕事を恥ずかしく思っていたわけではない。

ママに余計な噂(うわさ)を聞かせたくなかったからだ。

最初は不審がっていたママも、プリントがないとか、日程を忘れたとか苦しい言い訳を続けていくうちに何も言わなくなった。

反抗期が始まったと見せかけて誤魔化したつもりだったが、随分後になって気づかれていたことを知る。

ネット上の動画を消すことができないか、弁護士に相談しているのを聞いたからだ。

私は申し訳なく思った。

ただでさえ少ないお金を、私のために、いや、くだらない周囲の影響のために使うなんてもったいない。

「じゃあ写真は？　舞台に立っているところを携帯で撮ってもらったりしただろ？」

私はスマホをタップしてアルバム欄を眺めるが、流れてくるのは平(たいら)さんの横顔ばかりだ。

一枚だけ、文化祭を回っているときにプリントしてもらった写真があるけれど、あれは

衣装もやぶれているし、そもそも舞台に立っているときの写真ではない。

「うーん……今度友達に聞いてみるね」

「楽しみにしてるぞ」

運ばれてきた釜飯は、綺麗(きれい)な中身をわざわざ傾けて見せられた後に女将さんが取り分けてくれた。

場所は少し立派な割烹(かっぽう)料理店の個室だ。

以前画像が送られてきた創作イタリアンのお店に連れていってもらえるものだとばかり思っていた私は、少しだけがっかりした。

和食も嫌いではないけれど、気分的にはオイルたっぷりのイタリアンをお腹(なか)いっぱい食べて色々なことを忘れたかったからだ。

「それにしても大丈夫？　こんな高そうなお店……」

「パパの昇進祝いも兼ねているからね」

「え、昇進？」

「数年前からつきっきりだった長期プロジェクトが上手(うま)くいってね。十月からは事業部長だよ」

「十月からって、もう一ヵ月近く過ぎてるじゃん。言ってくれればお祝いくらい買ってきたのに」

「こうして食事ができるだけで充分だっていつも言ってるだろ？　でも、もしお祝いしてくれる気持ちがあるなら、少しだけパパの話を聞いてくれないか」

居住まいを正したパパが、緊張した面持ちで息を吸い込んだ。

「パパ、再婚しようと思うんだ」

ほんの一瞬、世界中から音が消えたのかと思った。

私は「あ、あー……」と変な相槌を打ちながら、無理に笑顔を貼りつける。

「……良かったね。おめでとう！」

「ありがとう。彩菜に反対されたら、考え直すつもりだったから嬉しいよ」

「反対なんて……パパは一人で生活してるんだし、もっと自由に——」

「じゃあ、もう一つだけ相談させてもらっていいかな」

嫌な予感、とでも言うのだろうか。パパとママが離婚するという話を聞いたときにも、こんな感情が駆け巡ったのを思い出した。

「良かったら、パパと一緒に暮らさないか？」

「えーっと……」

「本気だよ」

「……私、もう十六歳だよ。それに相手の人だって知らないし」

「実は、近くの喫茶店で待ってもらっているんだ。彩菜さえよければぜひ会ってほしい」

「……え、と」

「とても素敵な人だよ。養育費を受け取ってもらえないと話したら、彩菜の将来をとても心配していた。一緒に暮らした方がいいんじゃないかと提案してくれたのも彼女なんだ」

昇進祝いじゃないじゃん、と私は心の中で愚痴を零（こぼ）す。

本当は少しも会いたくなかったけれど、近くで待っていると聞かされて断るほど子どもではない。

「はじめまして。彩菜ちゃん」

再婚相手は意外にも、パパと同い年くらいの落ち着いた女性だった。

「今日は会ってくれてありがとう」

「……いえ、そんな」

私は一度下を向き、それからちゃんとしなくちゃと顔を上げた。

長い髪を後ろでまとめて、少しふくよかで品があって、優しそうな人だ。

籍を入れたらマンションを買う予定らしく、その部屋の一つを私のために空けてくれると説明された。

私はもう一度断った。公務員試験に合格したら家を出る予定だし、今更生活拠点を移すのだって面倒だ。

しかしその女性は高卒で働くこと自体を反対している様子で、まずは大学進学という点から考え直してほしいの一点張りだった。

「こんな時代に、背負わなくてもいい苦労を背負うことはないのよ。彩菜ちゃん」

落ち着いた口調で諭されては、ぐうの音も出ない。

せっかくよそってもらった炊きたての釜飯はすっかり冷えてしまっていて、味なんてほとんどわからなかった。

「すごくほっとするんだ。彼女といると」

最後にこっそりと教えてくれたパパの言葉が、耳の奥でざわざわと音を立てる。

パパは面食いだ。歴代の彼女はみんな若く、顔立ちのはっきりした美人だった。

でも、今日会った人は全く違う。

パパもどことなく変わったような気がする。あんな風に穏やかに笑うタイプじゃなかった。

ママじゃ、駄目だったのかな。

ママと一緒にいたら、ほっとすることはできなかったのかな。

帰りの電車で、私は複雑な思いに駆られていた。

下唇を噛(か)みしめる自分が、暗い車窓に映る。

私は一体どうしたいのだろう。

心の中で問いかけても、窓の向こうにいる私は相変わらず、何を考えているのかわからなかった。

将来の夢は、ずっと公務員だ。

しかしひとえに公務員といっても仕事内容は様々で、もしも大学に進学できればもっと選択の幅を広げることができる。

そうすれば、ママにも多くの仕送りができるし、辛（つら）いパートの時間を減らすことができるかもしれない。

パパが予定しているマンションは高校にも近く、空いた時間にバイトをすることも可能だ。

私は揺れていた。

でも、一番に相談しなければいけないはずのママには、どうしても打ち明けることができそうにない。

アパートの前で取り出したのはスマホだった。

パパから届いた絵文字たっぷりのメッセージに既読をつけないよう気をつけながら、私は平さんとのタイムラインから通話ボタンをタップした。

もうすぐテスト期間だ。

体育祭が終わって、文化祭も終わったのに、私は何かと理由をつけて平さんを誘っている。

図書館デートの数は、もはや数えきれない。

練習のしすぎじゃないかと、平さんにも笑われてしまったほどだ。

「珍しいね、こんな時間に」

「ごめん。ちょっと……声が聞きたくて」

本当に、他の理由が思い浮かばなかった。

ただ、平さんの心地よい中音域の声を聞いていたかった。いつもどおりの様子に、安心したかったのかもしれない。

「元気がないみたいだけど、体調でも悪いのかい？」

「体調は……うーん、普通？　でも、元気はないかも」

私は逡巡（しゅんじゅん）した。こんな家庭の事情を他人に話すべきではない。

でも、平さんなら茶化したり、面倒くさがったりせずに聞いてくれるような気がした。

彼女はいつだって思慮深く、浅い言葉では隠しきれない本質を突いてくることがある。

「パパが……再婚するの」

そのとき初めて、パパ以外の人にパパと呼んでいることを打ち明けた。

打ち明けたというよりは、自然に出てしまったと言う方が正しいのかもしれない。

別に、私の年でもパパと呼んでいる女子は多い。

確か、珠理（じゅり）も同じだ。

でも私はやっぱりママを裏切っているような気分になって苦しかった。

ママには早く再婚すれば？　なんて言っていたのに、いざパパが再婚するとなると、離れて暮らしているにもかかわらず平坦なおめでとうしか言えなかった。

父が死んでふた月もせずに再婚した母親を詰るハムレットを責めることなど、もうできない。

二人が離婚して、もう十年は経っているのだから。

「君は反対なのかい？」

「ううん。でも、何ていうのかな……大切な居場所を奪われたような……秘密基地が壊されちゃったような気分」

勝手だよね、というと平さんは苦笑していた。

君は勝手だけれど、その気持ちもわかるよ、と。

平さんはこういうときにおざなりな同情の念を口にして誤魔化したりはしない。だからとても信頼ができる。

優しいだけの無意味な言葉で慰めてほしいなら、私だって平さんに話したりはしなかった。

空気を読むことに長けているマキやぽんちゃんだったら、欲しい言葉を欲しいだけくれるに違いない。

「相手の人にも会ったの。ママとは全然違う人だった。それから一緒に暮らさないかって言われたんだよね。マンションを買ったら、私の部屋も用意するからって……」

「もしかして、転校するってこと？」

「ううん。むしろ、通学時間は短くなるからバイトする時間ができるかも」

「そっか」

どこか安堵したような平さんに、私は続ける。

「パパと一緒に暮らしたら、たぶん大学にも通わせてもらえると思う」

「君の夢は公務員だっけ？」

「大卒なら、公務員の中でもぐっと幅が広がるから、ちょっとだけ揺らいじゃった」

「お母さんは何て言ってるんだい？」

「まだ話してない。でも、絶対に大卒の方が給料は上がるし……少し遠回りにはなるけど結果的にはママを楽させてあげられるんじゃないかって思ってるんだよね」

「お母さんを言い訳にしたら可哀想だよ」

「可哀想？」

私は意味もわからず首を傾げる。

「じゃあわかりやすく教えてあげよう。君は恋人から、とても素敵なプレゼントをもらったとする。しかしそれは、恋人が他の女性に付き合ってもらって選んだプレゼントだった」

ない？」

「別に素敵じゃなくてもいいから、自分で一生懸命選んだものを贈ってくれた方が嬉しく
「だろう？」

「何それ、最悪」

「僕もそう思うよ。よくわかっているじゃないか」

そこで私は気がついた。

私がやろうとしていることは、結果としてママを喜ばせることにはならないんだ。

私はママに恩返しができるからという理由を無理矢理こじつけて、大学にも行ってみたいという小さな欲求を叶えようとしていた。

「勉強をするのは悪いことじゃない。進学の有無も自由だ。でもそれを誰かのせいにすると、いつか君の方が苦しくなってしまうよ」

「平さんはすごいね。何でもわかっちゃうんだ」

私は昔、パパからうさメロディのシャーペンと下敷きをもらったことがある。

良かったら受験勉強にでも使ってと言われてひどく驚いた。というのも、今までのプレゼントとは全く系統が違っていたからだ。

私はがっちゃんの彼女がうさメロのストラップを使っていたことで苦手意識を持っていたけれど、本心では可愛いとも思っていた。

でも、自分のキャラには合わない。そんなことはわかっていたから敢えて手を出すようなことはしなかった。

つまり単純に言うと、嬉しかったんだ。パパにとっての私は、うさメロが似合うような娘に見えているのだと純粋に喜んだ。

しかし、と私は思い出す。

結果は違った。パパが目を掛けていたモデルの女の子がうさメロを集めていて、中学生の子に贈るならうさメロでいいんじゃない？　なんてデートの最中にアドバイスをもらっただけだった。

下敷きは引き出しの奥に眠ったまま。シャーペンも、受験が終わる頃には失くなっていた。

かちゃかちゃと、キャラクターがついたチャームが揺れてうるさかったことだけは覚えている。

そう。うるさくて、可愛かったんだ。

「もうすぐ特別テストだね」

私はわざと、明るい声で話題を変えた。

一年の真ん中に行われる、学校独自の特別学力テストだ。

「ちょうど今、数学の応用を解いていたところさ」

「私も負けないように頑張らなくちゃ」

「君は少し頑張りすぎだよ。もっと力を抜いたっていいのに」

苦笑する平さんの声に、波立っていた心が穏やかになる。

いつの間にか、私はすっかり落ち着きを取り戻していた。

さっきまでは、この世の終わりかのような気持ちで電車の車窓を睨(にら)んでいたのに。

「ふふっ」

「どうかしたのかい？」

「何でもない。でも、声が聞けてよかった」

「そ、そうか」

慌てる平さんの反応に、私はほっと安堵する。スマホを持つ、冷えきっていた手が温かくなる。

パパも、こんな気持ちなのだろうか。だからあの女性を選んだのだろうか。

＊＊＊

平さんが呼び出しを受けたのは、文化祭が終わってから二週間が過ぎた十一月頭のことだった。冬服のブレザーは重たくて苦手だから、私は長袖のシャツにカーディガンを羽織って過ごしている。

相手はあと数ヵ月後に卒業を控えた、三年の先輩だった。

文化祭の舞台を見て、平さんに好感を持ったのだという。

おっぱいがやたらと大きくて、私の視線は胸元に釘付けだった。女同士だとしても、気になる部分は同じだ。

平さんはああ、困った困ったと言いながら教室を出ていった。

以前であれば、クラスの全員がどうして？　と驚いていたことだろう。けれど今の平さんには誰も疑問を持たない。この数ヵ月ですっかり印象も変わって、とても魅力的になったからだ。

練習を頑張って、本気で走り抜いた体育祭の混合リレー。急遽演じることになった文化祭でのハムレット。

告白されるのが怖い怖いと言っていたが、その発言が冗談にならなくなってきた。

「断ったのか？」

しばらくして戻ってきた平さんに、北条くんが興味本位で尋ねている。

ちらちらと反応する珠理も、気にはしているようだ。

私も自分の席で俯いたまま、耳だけを傾けていた。

「いやー参ったね」

「何だよ、自慢げに」

ふっと北条くんが笑う。

足がすっかり治った北条くんは、先週おぐちんと別れたばかりだ。

私たちは何も告げ口をしなかったけれど、二人の距離が元に戻ることはなかった。

それでも、おぐちんは変わらず私たちと同じグループで過ごしている。

別れたことは全員が知っていたけれど、誰も事情を聞けなかった。

おぐちんが今でも北条くんの背中ばかり追いかけているのを知っていたからだ。

「で、どうなんだよ！　平」

「もちろん断ったさ。だって恐ろしいじゃないか。僕に恋は必要ない。恋人ができたらと思うと、毎日が不安で震え上がりそうだよ」

「俺は別にいいと思うけどな。合わなければ別れたらいいんだし」

瞬間、おぐちんが椅子から立ち上がり教室を出ていった。

北条くんが一度だけ扉を見る。

わざとだ。わざと悪役を演じている。

嫌いにさせて、自分を忘れさせようとしているのかもしれない。

好きな人に、それもかつての恋人に突き放されるなんてどれほど苦しいのだろうか。

私だって怪我(けが)をしていたかもしれないのに、私はおぐちんにばかり共感していた。もちろん、責めることなんてできやしない。

＊＊＊

特別テストは三教科だから、今日は午前中だけで終わりだ。

自分の席で軽く自己採点をしていた私のところに、平さんがやってくる。

「これからリベンジをさせてほしいんだが、予定は空いているかな」

「え？　何の？」

「寄席だよ。前は退屈させてしまったからね」

「それは私の責任だし……」

「だったら尚のこと、僕に付き合ってくれないか」

付き合う、という単語に過剰反応した私は、少し顔を赤くしながらこくこくと頷いた。

「デ、デートのリベンジなら大歓迎だよ」

そんな発言を耳にした珠理が、デートぉ⁉　と荒ぶった声で振り返った。

「何？　まさかあんたたち、本当に付き合うことになったとか言わないわよね⁉」

「い、言わない言わない！」

私は珠理の発言を、慌てて否定する。

「練習に決まっているじゃないか。この間みたいに先輩から告白されたり、他の誰かに誘われたりしたときに恐怖で転げ回ったりしないよう鍛錬してるんだ」

「たかねのことをフッたくせに、そんなこと頼むんだ」

「今は友達だからね。そうだろう？　高嶺さん」

「……うん」

そのとき、私の腕をぐいっと引っ張った珠理が耳元に手を添える。

「本当に計画は進んでるんでしょうね」

「計画？」

「平凡さんを落として、思いっきりフッてやるって言ってたでしょ」

「私は言ってないよ。珠理が勝手に……」

瞬間、ぎろりと私を睨んできた珠理がふうと息を吐いた。あからさまに苛立っているときの態度だ。

「わかってるの？　もしもたかねが本気になったら、もう高嶺の花じゃなくなっちゃうわよ」

「私はもともと、高嶺の花なんかじゃないよ」

「このグループにいられなくなってもいいの？」

少し大きな声で脅してきた珠理を、近くにいたマキとぽんちゃんが心配そうに見ている。

廊下で談笑をしていたテニス部たちを眺めていたおぐちんも、こちらへと振り返った。

「やめなよ。珠理。そういうの」

教室内が、一瞬にして静まった。

「……おぐちん」

彼女は、私が事件の真相を黙っていることに恩を感じているのかもしれない。

しかし、グループから外されることを恐れていたのはおぐちんの方だ。

だから私をかばうことで、おぐちんの立場まで悪くしたくはなかった。

「別に、大丈夫だよ。その程度で外されるくらいなら最初から友達じゃないってことだし」

ぐっと顎を引いた珠理に、私は行こう、と言いながらわざと平さんの手を強く引っ張った。

「いいのかい？　君、本当は……」

階段を下りる間、平さんが問いかけてくる。

「好きだよ。珠理のことも、大事な友達だと思ってる」

面倒でややこしい女同士の関係を、私はやっぱり嫌いになれなかった。

しかし、いずれ離れていくものだと冷めた気持ちを持っているのも事実だ。

「今はこっちの方が大事だし」

そう言って振り払われなかった右手の方を持ち上げる。私の心は、平さんのことを考えるだけで凪いでくれる。

だから本当に、それで充分だった。

「ねぇ、平さん」

「ん?」

「平さんは、どうして恋人が怖いの?」

踊り場で立ち止まった平さんに、私は振り返って尋ねる。

今更すぎる質問だ。

「幸せになるのが怖い? それとも裏切られるのが怖い? 信じるのが怖い? 離れていくのが怖い?」

平さんはどの言葉にも頷かない。

私にはまだ、彼女の本音を聞く権利がないのだろうか。

「私はね、友達が怖いよ。家族も怖い。それでも恐ろしいからいらないなんて言えない。だって……好きだから」

一人は怖くない。でも、好きなものはやっぱり好きなままだ。

がっちゃんみたいに正々堂々と決着をつけることができれば、まだすっきりすることができるのに。

＊＊＊

二人で向かったのは、バスで三十分ほど行った先にある住宅街の、狭い通りにある古民家だった。

中はカフェになっているらしく、和栗（わぐり）を使ったモンブランが有名らしい。

本日貸し切りという看板と共に出ていたのは【満月亭落語会・秋】という張り紙だった。

「こんなところで落語やってるんだ」

「定期的に開かれている落語会は、意外とこぢんまりしてることが多いんだよ。満月亭自体は有名だけど、ここの会場に出るのは若手のお弟子さんたちばかりなんだ」

中に入ると、即席で作られたと思（おぼ）しき高座が用意されていた。

パイプ椅子はぎゅうぎゅう詰めで三十席ちょっとだ。

きちんと予約していたらしい平さんが、受付で名前を名乗る。チケット代も、ワンドリンク付きで千五百円とかなりお手頃な価格設定だった。冬休みまでバイトができない私にはとてもありがたい。

平さんは僕が誘ったんだからと払いたがっていたけれど、前回の公演ではまるまる払ってもらったから今回は私が支払いをさせてもらった。それでも、まだ差額を考えると平さんの方が多く負担している計算になる。

お金のことばかり気になってしまうのは、私の悪い癖だ。いつまで経ってもデートに不慣れなのは、もしかしたら私の方なのかもしれない。

平さんはといえば、誘ったのは僕なのにと恐縮しきりだ。

恋人ができたら、きっとすごく大切にするのだろう。

「少し早いけど席に着こうか」

「立っていると邪魔になりそうだもんね」

彼女は前の方の席に行きたがっていたけれど、私はもしも寝てしまったらという不安があったので後ろの席にしてもらった。

今日は絶対眠れないよと言われたけれど、私はハリウッド映画の大音響でもすやすやできてしまうタイプの人間だから安心はできない。

各座席に置かれたプログラム表には、私でも知っている中堅芸人の名前が記されていた。

「十年前くらいかな、僕が小学校に入ってすぐの頃に満月亭に弟子入りして、五、六年前に改名したんだよ」

「へぇ、詳しいんだね」

「僕は落語ばっかりだけど、親や妹はお笑いにも詳しいよ。じいちゃんの代からそうだったから血筋なのかな。大晦日(おおみそか)には家族揃(そろ)って【眠ってはいけない】を見てたくらいだし」

「そういえば、放送しなくなっちゃったよね」

「見るものがなくなって困っているんだ」

「私は紅白だなぁ。だけど私もママも流行りに疎いから、誰か出てくるたびに知らないとか誰？　って言っててめっちゃ失礼なの」

雑談をしているうちに、人が集まってくる。

五分もすると、狭い会場は満席になった。

平日の十二時半に、仕事を抜けてきたと思しきスーツを着たサラリーマンや若い女性の姿も目立つ。

落語なんて年配の人の趣味だと思っていたから、私は少しだけ驚いた。

制服を着ている私も平さんも、客席で浮いているということはない。

東京近郊と言えなくもない立地だが、大型のターミナル駅から特急に乗って一時間そこそこはかかる距離だ。

前座代わりにやってきたのは、大阪の若手芸人だった。

高座の前にセンターマイクを立てて漫才を披露している。それがまた面白くて、私は一気に引き込まれてしまった。

太鼓が鳴ることもないし、以前の寄席とは違ってラフな雰囲気だ。

少し賑やかな出囃子と共に高座に上がったのは、やはり見知った芸人だった。羽織を着ていないことから、まだまだ落語の世界では新人であることが窺える。

有名人を生で見るのは始めてだったから、まずはそのことに興奮を覚えた。

しかも、前回の演芸場では退屈に思えた冒頭の話が実に面白い。

本題に入る前の、枕と呼ばれる小咄の部分だ。

自分の家庭で起こった事件が独特の視線で語られて、その何とも言えない負け顔に小さな会場がどっと笑いに包まれる。私も周囲と同じタイミングで何度も笑ってしまった。

何よりも距離が近い。

天気の話をしていた前座の人とは、質からして違っていた。

テレビでは滑り芸ばかり見ていた気がするけれど、やっぱりちゃんと面白くて、面白いことが好きで、仕事にしているのだろう。

安定ばかり求めている私には考えられない価値観と情熱に、真正面から撃ち抜かれるのを感じた。

噺は、流れるように店内で飾られていた骨董品へと繋がる。パチンッと持っていた扇子が閉じられたのはそのときだ。

会場の空気ががらりと変わり、くすくすと笑っていた客がしん、と静まりかえった。

このぞくりとするような瞬間を、私は一度だけ味わったことがある。

ハムレットが、舞台の中央で第一声を放ったときだ。

走り出したら止まれない。

瞬きすら惜しいと感じるほどの話芸が襲いかかってくる。

猫茶碗の噺は、もうオチまで知っていた。平さんに借りた本にたまたま載っていたからだ。

それなのに、まるで現代で起こった話であるかのような語り口に目が離せない。一言一句聴き逃がせない。

会場が揺れるほどの爆笑が何度も起こった。古民家の天井が落ちてくるんじゃないかと心配になるほどだ。

まるで全力疾走しているかのような勢いのまま、彼はゴールテープを切った。

吹き出す汗が手ぬぐいによって拭かれたのは、演目が終わった直後のことだ。深く頭を下げる落語家を前に、私は拍手が止まらなかった。

「面白かった！　面白かったよ！」

一瞬に感じた猫茶碗の後、私は隣に座る平さんに思ったままを伝える。

冷めやらない興奮で、ついつい早口になってしまった。

すごい、落語ってすごい。こんなにも面白いものだったんだ。

知っている噺でも、こんなに伝わり方が違うんだ。

「最初からこっちに誘えば良かったかな。カフェのオーナーが落語好きで、ちょくちょく若手の人に場所を無償で貸してるんだよ。さっきの芸人さんも、改名前から寄席を開いてたから、その縁で今も季節ごとに落語会を開いてるんだ」

一度は芸人として成功したのに、また一から新しいことにチャレンジしようなんて本当にすごい話だ。

私だったら、一度得た地位や居場所から外れることを恐れて身動きすらできないだろう。

「最初は母さんがSNSで知って、僕や妹と一緒に見に来てたんだよ。あの頃はもっと座席が少なかったっけ。今ではチケットを取るのも大変だけどね」

現在は、何百席もある演芸ホールをあっという間に埋めてしまうほどの人気らしい。

堅苦しい雰囲気やルールはなく、誰もが落語に触れられる環境も人気の一つなのだという。

「今度は大きな会場にも行ってみたいな。他の噺も聞いてみたい！」

私はワンドリンクでもらったホットコーヒーのチケットを、わざわざアイスに変えてもらった上で飲み干して、それでも喉が渇いてしまうくらいには饒舌（じょうぜつ）だった。

「格好良かったなぁ……こういうミーハーな意見って、あんまり良くないのかもしれないけど」

「そんなことないさ。僕だって、高座に上がる人たちを尊敬してる。格好良いと、心の底から思っているよ」

生きていくには体力と知力があれば充分だと思っていた。肉体の維持にはジョギングと筋トレがあるし、知力の方は詰め込み勉強でどうとでもなる。

将来の夢は公務員で、とにかく安定した平凡な暮らしを望んでいた。

だから趣味はない。必要もないと思っていた。そんな時間があったら腹筋をしたり、英単語の一つでも覚えた方がマシだと考えていたからだ。

「平さんは、全部知ってたんだね」

世界がこんなにも面白かったことを、私は今頃になって思い知った。

「まだ、こんなにドキドキしてる」

胸に手を当ててるだけで、手のひらに震えが伝わってくるほどだ。

「僕もだよ」

＊＊＊

一人きりでの帰り道、私はまたしてもデートの練習が失敗だったことに気がついた。

今回は、ただ思いっきり楽しんでいただけだ。眠ってしまうよりはいいのかもしれないけれど、平さんの練習にはならなかったかもしれない。

今度は私から、きちんと計画を立てて誘おう。

スクールバッグの中には、今日買った満月亭のグッズでもある手ぬぐいが入っている。

普段はあまり衝動買いをしないタイプだけれど、今日だけは勢いに負けて買ってしまった。

さっきまで高座に上がっていた人と握手をして、感想を伝えられただけでも充分な価値があったと言えるだろう。

車窓から、住宅街の明かりが見えてくる。

この後は地下鉄に乗り換えるから、景色を眺められるのは今だけだ。

それにしても、最近はすっかり日が暮れるのが早くなってきた。

今頃、平さんは家に帰って夕ご飯でも食べているのだろうか。

さっきバイバイしたばっかりなのに、もう会いたくなっている。そう気づいたとき、胸の奥にちくりとした痛みが走った。

目を逸らし続けていたもう一つの現実が、抜けない棘のように刺さったままだ。

私は、平さんを騙している。珠理にも嘘をついてしまった。

棘には毒が塗ってあるのか、ゆっくりと体中に巡っていくのを感じる。

私が平さんのことを考えるたびに、棒読みの告白から始まった放課後の光景が目の奥に浮かぶ。

すべてを打ち明けるには、信じられないほどの勇気が必要だ。一人になる勇気、嫌われる勇気。

安定志向で面倒くさがりで意気地なしの私には難しすぎる一歩だ。
パパに同居を打診されたことだって、ママには話せないでいた。
何て愚かなのだろう。
こんなことを続けていたら、私の周りには本当に誰もいなくなる。

「クラスで十二位って！　なにちょっと頑張ってんのよ！　平凡さんのくせに！」

ぷぷっと笑った珠理が、また平さんの成績表をひらりと持ち上げて大声を上げている。

でも今回は五組の平均点自体が高かったから、平さんの学年順位は四十八位と大健闘だ。

珠理は何だかつまんなーいと言いながらも弄っていたが、クラスの中にはすごいね、頑張ったねと声をかける人もいた。

北条くんもその一人だ。

「俺はマジで終わってるわ。怪我で休んでた分を取り戻そうとして部活にばっか力入れてたら一気に成績落ちたんだよなぁ。数学なんて三十六点だぜ。英語もやばい」

平均点の半分を割ったら赤点となり、再テストが待っている。そうすれば結局部活を休むはめになるから、北条くんは赤い線が引かれた数学と英語の欄にがっくりと肩を落としていた。

「どんな勉強したんだ？　何か良い方法があるなら俺にも教えてくれよ」

「それなら僕じゃなくて高嶺さんに聞いた方が早いんじゃないかな。放課後はよく図書館に寄って勉強を教わっていたからね」

「へぇ、たかねちゃんが？　意外だな」

「君だって舞台の練習を一緒にやったじゃないか」

「舞台と勉強は違うだろ。あっちは俺が駄目ならたかねちゃんだけじゃなくてクラス全体に迷惑がかかったんだし。なぁ、もしかして本当に――」

「付き合ってないわよ！」

急いで訂正を入れたのは珠理だ。平さんの成績表をバンッと机にたたきつけて怒っている。

「ふう、君はやっぱり僕のことが好きなんだね」

平さんはめげない。むしろこういう逆境のときにこそ生き生きしているような気さえする。

「はあ？　馬鹿なこと言わないでよね！」

「確かに、普通はそこまで気にならねぇよな」

煽（あお）ったのは北条くんだ。騒ぐ珠理を見守っていた周囲も、顔を見合わせたりしながら同意している。

「好きな人をからかうなんて、小学生みたいだよ。やめた方がいいんじゃないのかい？」

「か、からかってるのは調子に乗ってるあんたを懲らしめようと思って……」

「調子に乗っている？　僕がいつ自分の成績をひけらかしたりしたんだい？　ただ、恋人が恐ろしいと言っているだけだよ。それなのに君はいつまで経(た)っても僕のことを意識しているし、放っておいてもくれない。高嶺さんだけではなく、三年の先輩にも告白されたことでいよいよ焦っているんだろう？　僕が恐れていた恋人という偶像を克服し、誰かのものになってしまうんじゃないか、と」

「フンッ！　たかねの告白が本気だと思ってんの？　先輩だって、興味本位で声かけただけに決まってるんだから。みんな、陰ではあんたのこと笑ってんのよ！」

「君は本当に素直じゃないな。愛情の裏返しもほどほどにしてくれたまえ」

な、と口を開けた後、顔を赤くする珠理。

「本当にわかってないようだから教えてあげるわ。たかねが告白したのは、あたしがそう指示したからよ！　むかつくあんたの鼻を明かしてやろうと思ってあたしがけしかけただけ！」

　黙って聞いていた私だが、我慢ならずにガタンッと席を立つ。

　しかし次の瞬間、ハッハッハと大声で笑い出したのは平さんだった。

　何を馬鹿なことをと、一ミリも信じていない様子だ。

「彼女が僕に恋をしていることは明白だ。それは傍(そば)にいる僕が一番わかっている。ただ、とても恥ずかしがり屋で友達思いだから、君たちにそそのかされたことにしているだけだよ。そして僕が怖がりだから、前にも後ろにも進めないだけさ」

「平さん……！　私……」

「ああ、やめてくれ！　君の言いたいことはわかっているよ。僕のことをますます好きになったと言いたいんだろう？　ああ、怖い、怖い」

耳を塞ぐ平さんに、私は近づいていってその手を掴(つか)んだ。

「私、平さんが好き」

「………へ？」

「もっと、デートしたい。一緒にいたい。平さんの恋人になりたい」

そこで、すっと息を吸い込む。

あふれ出した感情で、言葉が止まらなくなるかと思った。

「だけど、最初に騙(だま)そうとしたのも本当だよ。珠理たちの意見に逆らうのが面倒で……適当に告白して、さっさと終わらせるつもりだった。ある程度時間が過ぎたら離れればいいやって……」

「高嶺さん……」

「本当、最低だよね。ごめん」

こんなにも好きになるなんて、思ってなかったの。

ぽつりと言い訳のように呟(つぶや)いた後、私は唖然(あぜん)としている珠理を見る。

「計画どおりにしてあげられなくて、ごめんね」

二人に謝罪をすると、私は教室を飛び出した。

隠し事は苦しい。でも真実を打ち明けるのは、もっともっと苦しかった。

走り出した足がもつれる。それでも、腕を振って、止まらずに走り続けた。

がっちゃんみたいに、倒せたら良かったのに。

でも、とあふれ出した涙を拭いながら走り続ける。

平さんは、がっちゃんじゃない。

憧れとも、尊敬とも、幻とも違っていた。

平さんは現実なんだ。

だから私は今、こんなにも恐ろしい感情に包まれているんだ。

階段を駆け下りて、廊下を突き進み、昇降口も通り過ぎて、いよいよ行き場が無くなった私は渡り廊下の手前にある女子トイレに駆け込んだ。

「ああああ……!!」

誰もいないその場所で、自暴自棄になり泣き叫ぶ。

鏡に映る私は、まるで恋の怪物だった。

＊＊＊

もう二度と学校に行きたくない。

そう思っても、否応(いやおう)なしにやってくるのが月曜日だ。

私はできるだけ平静を装いながら、一年五組の教室に一歩踏み出した。

瞬間、空気が変わるのを感じる。

「お、おはよう」

中一の、夏休み明けに似ている。あのときも、親しくしていた女友達がすっと視線を逸(そ)らして私に気づかないふりをした。

「おはよう！　たかね！」

またか、と思っていたところに珠理が話しかけてきて驚いた。

平さんへの告白や、珠理が企てた計画を公にしたことで嫌われてしまったのだとばかり思っていたからだ。

「聞いたわよ。お母さん、都内で風俗嬢やってたんでしょ？」

ああ、やっぱり。

私はできるだけ自然な体を装って席に着いた。

毎週のこの時間は、各クラスの学級委員による定期集会がある。だからクラスの頂点に立っているのは委員長ではなく珠理だった。

別に動揺はしない。少しだけ平さんの後ろ姿が気になったけれど、もう望みなんてなかったからどうでも良かった。

バチが当たったんだ。嘘ばかりついてきたバチが。

「そうだよ」

私はすぐに肯定した。紛れもない事実だったからだ。しかもこの状況は二回目だから、今更慌てることもなかった。

「あっはは、やっぱー！」

珠理が楽しそうに口許を隠す。

「文化祭に来てた大賀くんって人に聞いたの。動画も送られてきてびっくりしちゃった！」

ママが出た作品は、たったの二本だけだ。

それでも一度ネットの海に流れてしまった作品は、永遠に消えることがない。

当時働いていた風俗店経由で、顔は出さないという約束で出演を承諾したのだという。けれど実際に顔が出ていなかったのはパッケージだけで、映像には一切モザイクがかかっていなかった。

弁護士の人に相談しているのを隣の部屋から盗み聞きしただけだから正確な事情はわからないけれど、契約書もない口約束ではどうにもできないらしい。

私は学校中に出回っていた動画の、最初のインタビュー部分しか見ていない。

男子が私の前にスマホをかざして、見てみろよ、と勝手に流したのがきっかけだ。

とても綺麗で、スタイルも良く、毅然とした表情をしていた。

泣かせるつもりだった男子は、顔色一つ変えない私に怯んで逃げていったのを覚えている。

「さすがに全部観る勇気はなかったけど、やっぱ面影あるよね。たかねが化粧したら、こんな感じになるんじゃない？　あっという間に売れっ子だよ」

心が踏みにじられていくのを感じる。

生き生きとした珠理の声が、耳の奥でこだましていた。

「それにしても、よくこんなことできるわよね。あたしなら絶対ありえない！」

「別に……ずっとじゃないよ。私が生まれてからは接客業に転職してるし」

「新宿のキャバクラでしょ？　全部聞いたわよ」

がっちゃんがそんなことまで広めてしまったという事実よりも、地元でママの過去が洗いざらい知られていたことに驚いた。

「どっちも似たようなもんじゃない。あ、もしかして今もキャバ嬢やってんの？　おばさんでもできるなんて初耳！」

「今はスーパーのレジ打ちだよ。夜の仕事だって、望んでやってたわけじゃないと思う。お金がなかったのは私も知ってるし」

「そんなの言い訳でしょ？　貧乏でもちゃんと働いてる人は山ほどいるわよ。顔が良かったから、手っ取り早く稼げる方法で楽したかっただけじゃん。たかねにも同じ血が流れてるんだって思ったら怖くなっちゃった。同級生の母親がセクシー女優なんてさぁ」

饒舌(じょうぜつ)な珠理は機関車みたいだ。煙臭くてかなわない。

私は下を向いたまま、取り出したスマホを弄っていた。

「ちょっと、聞いてるの？　たかね」

「ううん。文化祭の写真見てた」

パパには主役姿が見たいと言われていたけれど、この調子ではもう誰からも送ってもらうことはできないだろう。

「そういえばハムレットに出てきた尼寺へ行けって台詞(せりふ)、実は売春宿に行けって意味もあるんでしょ？　オフィーリア役のたかねにはぴったりね」

私はため息交じりに席を立つと、まっすぐに珠理を見た。

「な、何よ！　何か文句でもあるの？」

「別に。何も話すことはないよ。前にも言ったとおり、グループからも外してくれていいから」

「当たり前でしょ！　最初っからそのつもりよ。こんな正体がばれた上で一緒にいられるとでも思ったの？」

「そっか、そうだね。今までありがとう。最初に声をかけてくれたとき、結構嬉(うれ)しかったよ」

瞬間、珠理の見開いた瞳が大きく揺れたのがわかった。

「い、今更格好つけるつもり⁉　こっちはあんたといたって嬉しくも何ともないんだからね！」

珠理の言葉を無視して教室を出ていこうとすると、ガタンッと大きな音がした。

振り返ると、教卓にほど近い席に座っていた平さんが両手を机にたたきつけるようにして立ち上がっている。

「いい加減にしたまえ！」

平さんの視線は、珠理だけに注がれている。

「はぁ？　ひょっとしてあたしに言ってるの？」

「当たり前だ」

「でも全部事実でしょ？　高嶺の花なんて言って持て囃されてたけど、その実態は卑しい仕事をしてた女の娘だったのよ？」

最初に〝高嶺の花〟と言い出したのは珠理だったけれど、私は何も言わずに無表情を貫いて黙っていた。

友達を失うことには慣れている。

「そうだったら何だというんだい？　人の家庭に土足で上がり込んでごちゃごちゃ騒いで吹聴して、君の方がよっぽど卑しくて醜いと思うがね」

「どんな顔をして彼女を罵っていたのか、鏡を見て確かめてみるといい。夜の仕事に対する偏見も著しいが、何より彼女と母親は親子というだけの別の人間だ」

「は？　醜い？　あたしが？」

「で、でも……血が繋がってるじゃない」

「じゃあ君は、自分の親が清廉潔白であると証明できるのかい？」

まるで、文化祭での舞台を再上演しているようだった。

女性に清らかさを求めているハムレットと彼女は、しかし全くの別人だ。

「あたしのママは化粧品の販売員だけど……そのことは平凡さんに関係ないでしょ！」

「じゃあ高嶺さんの母親のことだって、君には関係ないはずだ」

「でも知ったからには教えてあげないと……こんな環境で育った人が周りにいるなんて怖いじゃない」

「怖い？　浅はかな恐怖だね。何を言おうが、高嶺の花の気高さは揺るがないよ。君が思っている以上に、彼女は尊い」

ママが夜の仕事をしていたのは事実だし、私はかつての同級生相手に喧嘩を売りつける野蛮な人間だ。それなのに平さんは堂々と、当たり前のように宣言した。

終わらせたはずの恋が、私をまた怪物にしようと狙っている。

もう捕らわれてはならない。そう思うのに、私の瞳は平さんから離れてくれない。

踏み荒らされた心が、ゆっくりと均(なら)されていく。

平さんはいつもどおりに彼女のキャラを演じているだけだ。

大げさな身振り手振りと、古くさい言い回し。けれど今を生きる私の胸には深く、手の届かない端の方まで広がってしまった。

ここは寄席の会場でも、古典演劇の舞台袖でもないのに。

「やりすぎだよ、珠理」

「俺もそう思うぜ」

おぐちんと北条くんが、それぞれ離れた席から声をかけてくれた。

「何よ！　みんなだって引いてたじゃない！」

「それは、どうやって知らないふりをしようか悩んでただけだよ。別にたかねのお母さんのことをわざわざ持ち出して、直接貶(おとし)めようなんて考えてたわけじゃないし」

「つーかさ、お前の方がよっぽどイタいぞ。みんなを見てみろよ」

唇を噛(か)みしめた珠理が、一歩二歩と後ずさって誰かの席にぶつかった。

その相手もまた、呆(あき)れた眼差(まなざ)しを向けている。

「早見(はやみ)さんこそが学ぶべきだ。いつまでこんなにも子どもじみたやり方で印象を操作し、周囲を扇動するつもりだい？　僕をからかうのは勝手だが、僕のことを好きな誰かを傷つけるのは許さない」

何よ、何よ！　と大声を上げた珠理が首を振る。

「あたしだって……あたしだって好きなのに」

小さな声がぽつりと、しかし確かに響いた。教室内が静まりかえっていたせいだ。

「からかうのは僕のことが好きだからだって、平凡さんが言い出したのよ？　本当はわかってたんでしょ？　あたしがたかねよりもずっと……ずっと前から好きだったこと」

珠理の発言に、平さんは驚愕（きょうがく）している。

私は一瞬だけ口を開き、しかしすぐに納得して口を閉じた。

クラスメイトも同じ感情を抱いているのか、ええっという驚きの声は上がらない。

珠理が平さんを煽っていたのも、その一挙手一投足を気にかけていじっていたのも、よく考えれば好きの裏返しだ。

身勝手な恋の怪物は、こんなところにもいた。

「あたしを傷つけるのはいいの？」

「……そんな、ことは」

「あたしだって、平凡さん……ううん。樹凡（きなみ）ちゃんを好きな誰かなのに」

「だ、だって……」

平さんが、普段はじっとりとしている目を大きく見開いて、珠理を見ている。

「君は一度だって告白なんか」

「するわけないじゃない。フラれるってわかってるんだから……怖くて、怖くて言えないわよ！」

瞬間、背を向けて逃げ出したのは珠理だ。

私は考える間もなく彼女の後を追いかけた。

珠理は屋上に向かって急いで階段を上っていくけれど、体力とスピードなら負けない。

すぐに追いついた私は、珠理の手を無理矢理引っ張った。

階段の上にいた珠理がよろめいて私の胸に飛び込んでくる。

「何であんたが来るのよ！　何で樹凡ちゃんじゃないのよ！」

ずるいな、と思った。

どさくさに紛れてまだ樹凡ちゃんと呼び続ける珠理が、その図々(ずうずう)しくてしたたかな様が、羨ましくて堪(たま)らない。

私はそんな彼女が心底疎ましくて、可愛(かわい)らしくて、面倒で、大切だった。

「離して！　離してよ！　あたしなんて、このまま階段から落ちて死んだ方がマシよ」

「そんなことない」

私は珠理を固く抱き留めたまま、決して離さなかった。

「たかねにはわかんないわよ……！　誰もが振り返るような美人で、スタイルも抜群で……成績も運動神経も良くて、欠点なんて何一つないたかねにはあたしの気持ちなんてわかるはずない！」

　珠理は私の胸の中で暴れながらドンドンと叩いてくる。

　でも全然痛くない。彼女は恋の怪物だが、同時に脆く、とてもか弱い女の子だった。

「たかねはずるいよ。ニキビ一つで悩んだり……ファンデの乗りが悪くて学校を休んだことなんかないでしょ？　本当は素直になりたいのに、顔を見たらいじわるな言葉しか出てこなくて泣いたことなんかないでしょ？」

「……うん。ない」

「そこはあるって言いなさいよ！　気を遣って、共感してみせてよ！　たかねのそういうところ、大っ嫌い！」

「ごめんね」

「お手洗いにだってついてきてくれないし、服にもメイクにも興味ないし、夏休みなんてバイトばっかりで全然会ってくれなかったのに、おぐちんとはちょっとした連休くらいでライブに行ったりしたんでしょ？　必死になってる私のこと、本当は馬鹿にしてたのだってわかってるんだから！　いつだって冷静だし、余裕ぶってて馬鹿みたい！　そのくせ樹凡ちゃんのことまで好きだなんて言われたら打つ手がないじゃない！」

　そっか、そっか、と言いながら私は珠理の背中をぽんぽんと撫でていた。

　冷たい空気が、階段の踊り場にわだかまっている。私はそれを少し心地良いとさえ思った。

珠理があまりにも、熱く、激しく、子どものようにしゃくりあげていたからだ。

「……大丈夫？」

しばらくして階段を上ってきたおぐちんに、私はうん、と笑顔で微笑む。

続けて、同じグループにいる残りの女子も来てくれた。マキとぽんちゃんだ。

みんなが一様に心配している。私のことも、珠理のことも。

だからきっと、何も問題はない。

＊＊＊

三日間学校を休んだ珠理は、四日目の金曜日になってようやく登校してきた。

緩く巻いていた長い髪をばっさり切って、ショートヘアになっている。

私が小学校の頃にしていたような男子っぽい髪型ではなく、彼女に似合った自然な髪型だ。

珠理はつかつかと私の席にやってくると、すうっと息を吸い込んだ。

「酷いこと言って、ごめん!!」

「え？　あ、いいよ」

「駄目。私のことも空手でボコボコにして！　今すぐに！」

「いや、しないって。珠理は弱いし。私も全然気にしてないから」

「それじゃ示しがつかないでしょ！　っていうか、ちょっとは気にしてよね。私はこの三日間、ほとんど眠れなかったのに」

確かに、メイクでは隠しきれない濃いクマが珠理の目の下に刻まれている。

「……もう遅いかもしれないけど、送られてきたものは全部消したし、ネットにアップロードされてた動画にも削除申請しといたから。ああいうサイトがちゃんと管理されてるのかはわからないけど……」

「ありがと。ママも悩んでたみたいだから、助かるよ」

私の言葉に、珠理は瞳を潤ませた。

珠理だって本心から他人の母親を傷つけたいわけではなかったのだろう。

行き過ぎた恋が、彼女を暴走させてしまったんだ。

シェイクスピアだってそう言っていたのだから、珠理だってそうに違いない。

去り際に、こっちへと振り返っていた平さんとばっちり目があった珠理が大股で移動する。

「忘れてたわ、平凡さん。あんたに言ったこと、全部冗談だから」

「冗談？」

「あんたのこと、好きとか嫌いとか言ったけど」

「好きとしか聞いていないんだが？」

「とにかく！　全部冗談なの！　本当は全然好きなんかじゃないし……」

そこで、珠理の声が震え始める。

「中学のときに選択授業で隣の席だったことも、雨の昇降口で話したことも、図書室で本を取ってくれたことも全部忘れたから。成績のこととか、色々言って悪かったわね。もう……怖がらなくていいわよ」

切り立ての短い横髪を揺らして、珠理が去っていく。

その大きな瞳にあふれんばかりの雫が溜まっていたことを、私だけが気づいていた。

《第八章　お茶が怖い》

「古い落語のビデオがあるんだ」

平さんにそう言われたのは、珠理の告白から一週間近く経った後のことだった。

「有名な噺家の落語集を、亡くなったじいちゃんが趣味で集めててさ」

「へぇ……面白そう！」

だけど、と私は俯く。

ビデオという存在自体は知っていたけれど、私の家にはビデオデッキがない。だからもちろん、直接触ったこともなかった。

「貸してもらっても、見られないと思う」

「そんなことは織り込み済みだよ」

安心したまえ、と言いながら平さんが胸を張る。そうして少し緊張した面持ちで、ゆっくりと口を開いた。

「……週末、うちに来ないかい？　古いけど、機材も一通り使えるし」

「え……っと、そうなんだ」

少しドキッとしたが、どうやらその日はお父さんもお母さんも妹さんもおばあさんも、一家全員が勢揃いしているらしい。

「でもいいの？　私、平さんのこと……」

放課後の教室で、私はぽつりと呟いた。

廊下から流れてきたほろ苦い風がスカートの裾を揺らす。

一度だけ珠理の視線を感じたけれど、彼女は鼻をスンと鳴らして顔を背けるだけだった。

「君の気持ちはわかっているつもりだよ」

「……うん」

「その上で誘っているんだ。話したいこともあったし」

え、と再び小さな声が漏れる。

「もしかして私……またフラれちゃう感じ？　もう返事はわかってるからいいのに」

押し黙った平さんを困らせたくなくて、私はからりと笑う。

しかし平さんは、尚もこわばった顔をしたままだ。

「じょ、冗談だって！　そんな怖がらないでよ。落語、楽しみにしてるからさ」

恋人になりたいとまで断言してしまった私だけれど、平さんに対してこれ以上何かを望んでいるわけではない。

また寄席に行ったり、一緒に勉強ができるだけで充分だ。

恋は人を欲張りにしてしまうから、私は特に気をつけるようにしていた。

「じゃあ、当日……駅に着いたら連絡してくれるかい？」

「わかった」

頷くと、平さんもさっさと教室を出ていってしまった。

終わりを予感させる去り際に、心臓が嫌な音を立てる。

「そういえば、デパコスの限定品が届いたのよね！　抽選で50名だけだったのよ！」

気落ちしている私の隣までつかつかとやってきた珠理が、すごいでしょ、と腕を組んだ。

その自慢げな表情が何だか可笑しくて、くすりと笑いながら「すごいね」と同意する。

少し離れた席で帰り支度をしていたマキもぽんちゃんも、わー！　とかさすが珠理だね！　とよいしょしていた。

一度はバラバラになりかけた私たち一軍グループだが、結局は元どおりに面倒くさい友達関係を続けている。

案外、他に行く場所もない余り物の寄せ集めなのかもしれない。

「この後取りに行くんだけど、たかねもどう？」

マキとぽんちゃんも行くでしょ？　と振り返る珠理は、二人の返答を待つ素振りもなかった。

「私はまた今度にする。ちょっと、考えたいこともあるし」

「そ？　おぐちんは？」

「ごめん。私もパス。今日は用事があるから」

部活？　と私は尋ねる。随分熱心ね、と珠理も感心した様子だ。

「まだ仮入部なんだけど……これが結構楽しくて」

おぐちんは、文化祭で描いたスミレの絵が美術の先生の目に留まり、このまま才能を腐らせるのはもったいないぞ、と強く説得されて美術部に入ることになった。

おぐちんの描くスミレの紫は、白が混ざっていたり黒が混ざっていたりと何通りもある。きっと私なんかには見えない世界が、おぐちんの視界を彩っているのだろう。

「そういえば、昼休みも顔出してなかった？」

「あー……うん。先生のお弁当を見るためにちょっとね」

「体育祭の借り物競走で話題になったアレ？」

「そうそう。今日なんか海苔で先生の顔が作ってあったんだけど、それがすんごいリアルなの。婚約者の人も美術関係の仕事をしてるらしいんだけど、センスいいなぁと思って」

「へぇ」

「あ、もう時間だ！」

じゃあ、またね。と美術室に向かうおぐちんの背中は明るく、もう失恋の沼に嵌まっている気配すら感じない。

ちらりと北条くんの姿を捜すが、もうテニス部に行ってしまったらしくスクールバッグすら置いていなかった。

「結構、あっけなかったわね。あの二人」

ぽつりと、珠理が呟く。

私は一度「乃々果には新しい幸せを見つけてほしい」と周りに零す北条くんの姿を見たことがあった。

俺と一緒にいると、あいつは尽くすばかりで駄目になるから、と。

もしかしたら北条くんは、最初から犯人に気づいていたのかもしれない。

だから敢えて冷たい態度を取りながら様子を窺っていたのだろう。

でも、とおぐちんが去っていった廊下の方を見る。

私は知っていた。

美術室の窓から、テニス部の練習風景が見えることを。

女の子はか弱くて、したたかで、嘘つきな生き物だ。

だから私には、おぐちんの心に潜むかつての恋が色褪せていないこともわかっていた。

半分開いた窓から吹き抜ける北風が、私の頬を撫でて去っていく。

私の恋は、一体いつになったら色褪せてくれるのだろうか。

＊＊＊

土曜日の朝は、晴れている割に冷え込んでいた。

切りつけるような寒さの中、私は悩みに悩んでブーツからスニーカーに履き替え家を出る。

あんまり気合が入りすぎているのもなぁと思い、コートの中身もいつものデニムとセーターだ。

「うう、さっむ……」

秋の終わりに髪を切った珠理のことが少しだけ心配になってしまった。逆に私の髪は、もう肩を過ぎてしまっている。一番癖が付きやすいタイミングだから、切るか伸ばすか微妙なところだ。

受験生のときのようにボサボサということはないけれど、女子力が低すぎてアレンジもできない。

今度ママに聞いてみようか。

本気を出したママは強い。メイクも髪も完璧に盛ることができる。

でも、平さんが見てくれなければ意味が無い。

平さんが好む見た目でなければ、何もしていないのと同じだ。

「あ、おはよう」

緊張からか、やや固い挨拶を交わして平さんと合流する。それからはバスに乗り換えて河川敷の少し先にある住宅街の一画に降り立った。

「少し歩くよ」

平さんは、一瞬だけ私の手を取ろうとして、すぐにやめてしまった。

そんな仕草一つ一つに、私は敏感に傷ついてしまう。

やがて辿り着いたのは、オレンジ色の屋根が可愛らしい洋風建築の戸建てだ。

小さいけれど庭もあり、日に焼けたウッドデッキまである。

「おじゃまします」

がちゃりと前触れ無く玄関を開けた平さんに、私は慌てて頭を下げる。

ちょうど階段を下りてきたと思しき妹さんと目が合った私は「はひめまして！」と嚙みながらも挨拶をした。

「やば！　おかーさーん！　お姉ちゃんの彼女めっちゃ美人なんだけどー！」

「おい、彼女とかじゃないって前にも……」

「照れるな照れるなぁ！　自慢したくて連れてきたことはわかってんだから」

にやにやと笑った妹さんの声でお母さんや、少し腰が曲がったおばあさんまで出てきた。

「あ、はじめまして！　これ……うちの近くで買ったラスクの詰め合わせなんですけど」

「まあまあ、こりゃあべっぴんさんじゃ」

「いえ、あの……ラスク――」

「外は寒かったでしょう。すぐにケーキを持っていくから、上の部屋で暖まっててね」

さっとラスクの紙袋を受け取ったお母さんが、二階の方を指差す。

階段を上る途中でふと振り返ると、ちらりと顔だけを覗(のぞ)かせたお父さんと目が合った。

その表情はどこか複雑そうで、私という存在に戸惑っている風でもある。

娘が〝彼女〟を連れてきたせいで、対応に困っているのかもしれない。

「こんにちは」

「あー……どうも」

当然の反応に、私は逆に安堵(あんど)してしまった。

実際には恋人でも何でもないわけだけれど、やましい気持ちがないわけでもない。だからこそ、それはそうだと妙に納得する自分もいる。

「……わぁ、すごいね」

案内されたのは、おじいさんが使っていたという趣味部屋だ。天井まである棚が四方を囲んでいて、窓まで潰れている。中には、ビデオや本や雑誌なんかがぎっしり収まっていた。

「これ全部、おじいさんの？」

「ああ。宝物だよ」

どこからか白くて丸いクッションを持ってきた平さんは、騒がしくてすまないと言いながらテレビの前に座るよう促した。

「いつもはここまでじゃないんだが……」

「でも仲良いんでしょ？」

「母や祖母とは良好だが、妹なんかは面倒なだけさ。年々生意気になってきて手に負えないよ」

「でもおぐちんなんて、弟とは三年も口利いてないって言ってたよ」

「あー……まぁ、それは極端な例だが……普通の、ごくありふれた家庭さ。みんなお笑い好きだから、夜はだいたいバラエティ観ながらあーだこーだ言ってるよ」

「羨ましいな。うちは二人暮らしで……」

静かだから、と言おうとした私は慌てて首を振った。

「何ならうちの方がうるさいかも。壁が薄くて、隣の部屋からはいっつもロックが聞こえてくるんだよね。バンドマンのおじさんが住んでるの。めっちゃ美声なんだよ！」

私は聞かれてもいないことをべらべらとしゃべった。

間が持たなくて緊張していたからだ。

「早速観ようか。ちょっと狭いし、テレビも小さいんだけど……ビデオデッキがここにしかなくて」

「全然全然。うちのテレビも小さいから慣れてるし」

そうか、と微笑んだ平さんも、やはりぎこちない動きだ。

〝言いたいこと〟の内容は、まだ聞けていない。

一瞬尋ねようかとも思ったが、ビデオを観る前に聞くと落語なんて楽しめない気がしたからやめておいた。

そのとき「もー！　山田くん！　なにやってんの！」という声が聞こえる。

ガチャンとお茶碗が割れるような音もしたから、台所付近でトラブルでもあったのだろう。

「他にお客さんが来てるの？　今、山田くんって」

「ああ、猫の名前。野良だったんだけど、ばあちゃんどうしても部屋に入れちゃうから飼うことにしたんだ。よく座布団を自分で引っ張ってきて寝床にするから山田くんって名前。ばあちゃんは勝手にさんちゃんって呼んでるけどね。いつか三両で売るんだってさ」

それは猫茶碗のオチだった。

何だか面白いいきさつに、ついくすりと笑ってしまう。

「色々想像してたんだけど……思ってたのと全然違ったから驚いちゃった」

私の正直な感想に、平さんが振り向いた。

その目は探るような、どこか不安そうな眼差しだ。

「どういう意味だい？」

「何となくだけど……平さん家も、環境とかが似てるのかなって思ってたの」

私は下を向き、クッションの表面を撫でながら呟く。

「恋人が怖いって言ってたでしょ。だから、親が離婚したりしてて、特別な事情があるのかなって……私も、恋愛には億劫（おっくう）なタイプだったから」

「僕が怖いのは――」

平さんが何か言いかけたとき、階段をパタパタと上ってくる足音が聞こえた。妹さんだ。

紅茶とモンブランが載ったお盆を持って、いそいそと私たちの前に座った。

「これ、すごく美味（おい）しいんですよ！　ちょっと遠いけど、古民家風のカフェで出されている期間限定の商品なんです」

それはおそらく、私と平さんが見に行った寄席の会場で売られていたモンブランだ。とても美味しいらしいと聞いていたので、食べ損ねたことを後悔していた。

「あ、そうだ！」

私は慌ててバッグを漁（あさ）る。中から取り出したのはピンク色の紙袋だ。

可愛いリボンと、専門ショップのキャラクターの絵が描かれた特別なプレゼント包装だった。

「あのこれ、良かったら……」

「えーなになに？」

わくわくした表情で中身を開いた妹さんが、あれ？　と声に出して目を瞬かせている。

「うさメロ、ですか？」

「はい。平さんからうさメロが好きだって聞いてたからお土産にと思ったんですけど……もしかして、もう持ってましたか？　一番の人気商品だって聞いたので」

「ちょっとお姉ちゃん、私が好きなのはうさメロじゃなくてねこティでしょ！」

「そ、そうだっけ。じゃあ勘違いだな」

「もう……」

唇を尖らせる妹さんに、私は申し訳なく思いながら手を伸ばす。

「ごめんなさい！　次こそはねこティをプレゼントするので、これは持って帰りますね！」

「あーそんなそんな、うさメロもねこティの次の次の次くらいには好きなんで大丈夫です。あざっす！」

なかなか正直な妹さんは、ポーチにでもつけようかなぁ、と言いながら小さなぬいぐるみのチェーン部分をくるくると回して去っていった。

今年から中学生らしいけれど、口調や態度にはまだまだ小学生らしさが残っている。

「アイコン、変えた方がいいんじゃない？」

メッセージアプリのことを思い出し、そんな提案をする。

「妹さんが好きなのはねこティなんでしょ？」

私と平さんの間には、重厚な花柄のお盆が置いてあった。

ティーカップもケーキ皿も同じ柄だ。おそらくお母さんの趣味なのだろう。

平さんは黙ったまま、ティーカップを持ち上げて口を付けた。

妙な沈黙が、周囲を包み込んでいる。

「……アイコンは変えない。だって、君はうさメロが好きなんだろう？」

「前にも言ったけど嫌いじゃないだけで別に好きってほどじゃ……」

私の言葉に、平さんがそっと立ち上がって部屋を出ていった。

呆然としていると、すぐに戻ってきた平さんが私の前に見覚えのあるシャーペンを差し出す。

うさメロのチャームがついた、ちょっと使いづらいシャーペンだ。

「わぁ、これ私も持ってたよ！　すごい偶然……！　パパにもらって、中学のときまで使ってたの」

「知ってるよ。だってこれは、君が使ってたシャーペンだから」

「え？」

「先に本題から話そうか。これから観る落語の枕みたいなものだ」

平さんは、苦しそうに目を眇めて視線を落とす。

「僕は昔から成績が振るわなかったんだ。中学のとき、ついに親の堪忍袋の緒が切れてしまってね。家庭教師か塾か選べって言われて……仕方が無く塾にしたんだ。こっそりサボって、演芸場に通うつもりで遠くの塾に決めた」

「それって……もしかして」

「君が通っていた塾と、同じ場所だよ」

二人で初めて、デートの練習をしたときのことを思い出す。

寄席で居眠りをキメてしまった私は、帰り道に気を紛らわせたくて塾の前を歩いたんだ。

「あるとき、僕は塾の側の路地裏で高校生に絡まれていたんだよ。情けないことに、へによへにょのクリアファイルでガードしながら時間が過ぎるのを待つことしかできなかった。そこに颯爽と現れたのが君だ」

「わ、私⁉」

驚いて、思わず身を乗り出す。

「月を背負って、スカートを翻して、輝く瓶底眼鏡はまるでヒーローの象徴のようだった。覚えているかい？」

「そういえば……一度だけ空手を使って同じ塾の子を助けたことはあるけど、もしかしてそれが平さんだったの？」

「ああ。僕がお礼を言う前に、君は名前も言わずに去っていってしまったけれどね。後に残ったのは、そのうさメロのシャーペンだけだった」

いつの間にか失くしたと思っていたけれど、まさかこんな形で残っていたとは思わずに驚いた。

「君を捜すのは難しくなかった。君は塾生の間でも……その、色々噂になっていたし」

「ママのことだよね。何人か同じ学校の子が通ってたから、もしかしたらとは思ってたんだ。誰もからかってこなかったから普通に通ってたけど……」

最初から知ってたんだね、と言って私は平さんを見る。

ママの過去も、私の過去も。

「そういえば、手紙……あの後、お礼の手紙をもらったの」

「お礼、か」

苦笑した平さんが、また少し伸びた長い前髪をくしゃりと摑んで俯いた。

「あれはお礼なんかじゃない。ラブレターだよ」

聞き慣れない単語に、微かな吐息が漏れた。

「でも、好きなんてどこにも……」

その上あの頃の私は、正直言って芋臭いボサボサ頭の中学生だった。告白された経験なんて、ただの一度もない。

「怖かったんだ。だって僕は情けなく震えていただけで、格好良く助けてくれた君に恋をする資格すらない。あまりに不相応じゃないか」

「そんなこと……」

「嘘はやめてくれないか。ほとんど初対面の、それもいじめられていただけの僕からもらったラブレターなんて不気味なだけだ。だから僕は最後にこう書いた。直接お礼が言いたいから、次の授業の終わりに会ってほしい、とね。シャーペンもそのときに返すつもりだったんだ。でも……君は来なかった！」

声を荒らげる平さんは、苦悶(くもん)の表情に口許(くちもと)を歪(ゆが)めていた。

「……塾、三ヵ月限定だったから」

「もしも続いてたら、来てくれたのかい？」

「ごめん。行かなかったと思う。それ以上のお礼なんて申し訳ないし……うさメロのシャーペンなんか、失くしたことも忘れちゃってたくらいだし」

私は、いつしか空になっていた平さんのティーカップをじっと見ていた。

どうしても、腑(ふ)に落ちないことがあったからだ。

「ねぇ、それより……どうして嫌いになっちゃったの？」

「え？」

「だって、そのときは私を好きでいてくれたわけでしょ？　でも高校で再会して……本気じゃなかったとはいえ告白までした私を平さんは怖い怖いと言ってフッた。つまり……もう気持ちが冷めちゃってたってことでしょ？」

「ん？　いや、だから――」

「コンタクトにしたから？　髪型が変わったから？　やっぱり、ママの過去が気になる？」

「違うよ。僕は今でも君が……君のことが好きなんだ！」

私はぐっと顔を上げて、平さんに詰め寄った。真ん中にあったお盆がカチャンと音を立てる。私の片膝がぶつかったせいだ。

「平さんこそ、嘘はやめてよ。あんなに怖がってたくせに」

「君も大概、鈍感だね。それこそ全部嘘だよ。僕は〝平凡さん〟で終わらないよう、君の印象に残るよう、柄にも無いキャラを演じ続けた。夏の暑さにやられてしまったんだ。もうどうにでもなればいいと思った。一種の狂気さ」

肩をすくめた平さんが、棚の隙間から少しだけ見える潰れた窓を見遣った。

「気がついたらこの口調まで定着してしまったけれどね。恋に狂った計算高い僕に、本当の僕まで飲み込まれてしまったのさ」

「待って待って、わかんないよ。つまり好きってこと？　嫌いってこと？」

「何度も言わせないでくれよ。好きに決まっている。でもこんな風に君を騙して、告白されるよう仕向けたことへの報いは受けるべきだ」

「報いだなんて……」

「君が本気じゃなかったことくらいわかってる。それでも僕のことが好きなんだろう、と洗脳に近いやり方で言い続けたせいで勘違いしてしまったんだ。小串さんどころか早見さんを責める権利すら、僕にはない」

あの日はついカッとなってしまったけれど、と続けた平さんとようやく視線が交わる。

「いい加減終わりにしよう。今日はそれを言うために君を呼んだ。最後に、この演目を見ようと思ってね」

再生されたビデオから流れてくるのは古典落語だ。

演目は『まんじゅうこわい』だった。

本当は大好きなまんじゅうを、怖い怖いと言って恐れているふりをしたおかげで周りからたくさんのまんじゅうをもらうといった内容だ。

――お前ぇの本当に怖いもんは何だってんだい⁉

――そうさな。ここらで一杯、お茶が怖い。

噺のオチを聞いたところで、ビデオに映っていた客席がどっと笑いに包まれた。

平さんが渡してくれた本には載っていない演目だったが、わざとそういった本を選んだのかもしれない。当時の言葉使いにもかかわらず、充分に聞きやすくて面白い内容だったことにも驚いた。

彼は昭和の時代を駆け抜けた、立派な落語家だったらしい。

「それで？」

　私は再び疑問を投げかける。

　デッキを操作した平さんの手には、ガッコンと音を立てて出てきたビデオテープが握られていた。

「君が怒るのも無理はないよ。すっかり幻滅しているのだろう」

「幻滅？　まさか。平さんが恋人を怖がってるのが嘘だってことはクラスのみんながわかってたことだよ。珠理なんかそのつもりで私に告らせたんだから」

　私は息をついて、下唇を噛みしめる。

「でも……一緒にいるうちに、もしかしたら本当に怖いのかなって思うこともあったの。拭えないトラウマがあって恋人を作りたくないのかなって。だけど、違うんだよね？」

　私はガタガタと揺れる棚の奥の窓をちらりと見て、それから逃げるように後ろからぎゅっと抱きついた。

　ひょろっちい平さんは身動きができず困っている。

　でも本当に嫌なら振り払えばいいいんだ。

　私は強いから、絶対にこの腕を離さないけれど。

「私……平さんが好き。平さんも私が好きなんだよね。恋人が怖いのも嘘だった。じゃあ私を……平さんの彼女にしてよ！」

「できない。僕は君を騙そうと嘘をついた。君が好いてくれているこのキャラも、何もかも偽物だ」

「私……別に平さんのキャラを好きになったわけじゃないよ。そもそも、全然タイプじゃないし。寡黙で硬派で強い人が好きだったんだもん。でもリレーを一生懸命練習して、本番で頑張ってたのは確かに平さんだよ。文化祭だって、平さんがいたから成功できた。すごく……すごく格好良かった。その事実は嘘なんかじゃない。偽物のキャラクターでも、洗脳でも、この恋は本物だよ。私はあの日……平さんが俺様キャラで教壇に立ってたとしても、面倒くさい熱血漢や委員長みたいな鬼畜眼鏡だったとしても、きっと好きになってた」

あふれ出る僕の魅力に抗(あらが)えないだろうと、最初に言い出したのは彼女の方だ。人は多面的な生き物だから、平さんは他にもたくさんの見えない一面を持っているに違いない。

私はそれを知りたい。負けず嫌いで、ママ譲りの頑固者だから全部知っておきたかった。

「やっぱり駄目?　どうしても駄目?」

「駄目というか……」

「じゃあ平さんが怖いものは何?　本当に怖いものを教えてよ!　それで、平さんの罪悪感が消えるなら、それで恋人になれるなら私……!」

ぎゅっと抱きつく腕に力を込めると、苦しいと言いながら倒れた平さんが振り返り、下からじっと私を見上げてきた。

「ねぇ、言って！　平さんが本当に怖いのは、まんじゅうでも恋人でもなくて……」

「え、えーっと」

「まさか誤魔化そうとしてる？　戦ったら私の方が強いんだよ？　首の後ろ、トンッってされちゃうよ？　平さんなんか、あっという間に倒されちゃうんだから」

「もう押し倒してるじゃないか」

そう言いながら、平さんがふっと視線を背ける。

キスが、怖いかな。

ははは、と冗談めかして苦笑する平さんの両頬に手を当て、ぐいっとこちらに向ける。

前髪が散らばり、形の良い額があらわになった。焦った両の瞳が丸っこく見開かれ、私の胸はきゅんとうずく。

ああ、何て、何て可愛いのだろう。

甘酸っぱいであろう二つの飴玉には、興奮した私が映っていた。これは誰だ、と思わず問いたくなる。頬を赤らめて、肩を揺らして、まるで本物の怪物だ。

それからムードもへったくれも無い空気に包まれながら、自らの唇を押しつけた。

乾いていて、少しカサついていて、それでも温かい口の重なりから、心臓が飛び出しそうになる。

どうだ、怖いだろう。
怖すぎて震えている小さな手が、私の背中にゆっくりと回されていくのがわかった。

《最終章　ハネ太鼓はカラカラと》

「寝てた？　ごめんね、こんな時間に」

おはよう、と言いながら私はカーテンを開ける。

時刻は六時半過ぎだが、まだ外は薄暗いままだ。

遠く東の空の向こうが、ゆっくりと白んでいくのがわかった。

最近シフトが変わったせいで、ママはいよいよ帰りが遅い。だからこの時間も、おそらく夢の中だろう。

「この前の話だけど……やっぱり断ろうと思って。うん。大学には行ってみたかったけど、どうせ最終目標は公務員だし、最短ルートでもいいかなって。私の部屋もいらないから、二人で使ってよ。うん、うん。今度お祝い渡すね。昇進と、再婚と、新居祝いってことでいいかな？　また来週にでも連絡するから。うん。パパも、風邪ひかないように」

バイバイと言って、いつもどおりに通話を終える。

パパは私の返事がわかっていたみたいで優しく、どこか寂しげに笑うだけだった。

私はそうだ、と今更のように思い出して、珠理(じゅり)に送ってもらった舞台袖からの動画をパパに送った。

委員長と二人で手を繋ぎながら、くるくると回っているシーンだ。

あの日から、腫れ物に触るようだった周囲の目を一蹴したのが委員長だった。

「このクラスでいじめが起きた場合、私が速攻でぶちのめしますのであしからず」

そう宣言した委員長は、きちんと謝ってきた珠理に対しても制裁が必要だと言って大量の業務を散々押しつけている。

委員長は最恐にして最強だ。誰も彼女には逆らえない。

不意に、コンコンとドアがノックされる。

私はびくっと肩を揺らしてなに？　と声を上げた。

「彩菜、この家の壁がどれだけ薄いか知らないの？」

「し、知ってるけど」

「せめてお隣さんがギターの練習を始めてから電話しなさいよ」

「聞いてたんだ」

「聞こえてきたのよ。聞きたくもない会話がね」

ドアを開けて入ってきて、ベッドの側で正座をしたママがトントンと折りたたみのテーブルを叩く。

お説教をするときのポーズだ。

私は仕方がなくベッドから下りて、向かい側へと腰を下ろした。

バサッとテーブルの真ん中に置かれたのは、見慣れない書類だ。

「学資保険よ。二つ併せて、六百万くらいかしら」

「え？　私の？」

「当たり前じゃない。他に誰がいるのよ」

「でも……だって、そんな余裕どこにも」

「余裕じゃなくて、当然の用意よ。親としてのね。それに、ママだってもうパートじゃないの。一月から、正社員として働くことになったわ。責任も大きくなるけど、今よりはお給料も上がるし、いきなり首を切られる心配もなくなる」

大学に行きたいんでしょう？　とママが私を見る。

私は一度だけ下を向いて、もう一度顔を上げた。ママは私の癖をよく知っているから、嘘(うそ)をついたってすぐに見破られてしまう。

「いいの？」

「パパのところほど楽はさせてあげられないけど、それでもいい？」

「うん。っていうか、久々に聞いた。ママが、パパのことをパパって呼んでるの」

ママはふっと頬を緩めて、朝ご飯はトーストでいいわねと言いながら部屋を出ていった。

胸の奥がじわじわと、温かいものでいっぱいになっていく。

そんなママとパパがどうして離婚したのか、私はまだ知らない。

これからも聞くことはないだろう。

でも私はママとパパの娘で、これからもその事実は変わらない。

隣の部屋からは、戦場のメリークリスマスが流れてきた。まだクリスマスまでは一ヵ月近くもあるのに、と少しだけ笑ってしまう。

しかし、恋が戦場なのは確かだ。

私はこれからも、決して負けるわけにはいかない。

「じゃあ行ってくるね」

朝食を終えた私は、身支度を調えて振り返る。

「次に会うのは来週だって言ってなかった？」

「今日はせっかくの日曜日だよ？　相手がパパなわけないじゃん」

「もしかして、彩菜……」

「そ。これからデートに行くの！　それも初デート！」

練習は散々してきたのだから、もう恐れるものは何もない。

私は慣れないワンピースと、少しかかとが高いショートブーツを履いて、すっきりとしたシルエットのコートを羽織った。

昨日、平（たいら）さんの家から帰った足で揃（そろ）えた品だ。

普段参考書くらいでしか使わないお小遣いを、ここぞとばかりに奮発した。

「さ、さむー！」

　玄関を開けた瞬間、ぶるりと全身が震える。

　やっぱり、髪を切るのは止めにしよう。

　マフラーを巻きながら、そんな都合の良いことを思う。

「おしゃれは我慢よ、彩菜」

「じゃあ、今度教えてよ。メイクとか……ヘアアレンジとか、色々」

　ママは微笑んで、デートが成功したらねと背中を押してくれた。

　空からは雪がちらついている。

　どうせならクリスマスに降ってくれればいいのに、灰色の空はせっかちだ。そういえば通い慣れた街の景色も、赤や緑の定番カラーに染まっている。

「平さーん！」

　待ち合わせは、演芸場の前だった。

「まったく……」

　せっかく合流したというのに、平さんは少し不機嫌そうだった。

「昨日の今日だということをわかっているのかい？」

　いきなり初デートを申し込むなんて、とぷりぷりしている平さんだが、その頬は微かに赤い。

私も大概せっかちだ。

隣の部屋のおじさんも、灰色の空もこの街も、何も責めることはできない。

「昨日の今日だからこそ、良いと思ったんだけどなぁ」

「君には、よ、余韻というものがっ！」

「キスの余韻……？」

これからは何回もするんだから、別にいいじゃんと思ったが、平さんは意外とこういうイベントごとを大事にするタイプらしい。

「初キスの後が初デートなんて、ちょっとやらしーね」

「ちょ、ちょっと黙っててくれないか！」

平さんに叱られ、私は少しだけしょげる。でもそんな私の頭をぽんぽんと撫で、行こうかと手を差し出してくれる平さんはやっぱり優しいし、素敵だ。

片方しか見えない瞳も、キラキラと輝いているように感じられる。

「ねぇ、平さんのそのキャラは全部作戦だったんでしょ？　私から告白されるための」

「き、昨日言ったとおりだが？」

「じゃあもしも、珠理がけしかけなかったらどうする気だったの？　私を引っ張り出して、告白するよう仕向けなかったら――」

「言い続けるさ。君に向かって……ね。ああ、こわいこわい。高嶺の花に告白されるのがこわい、デートに誘われたらどうしよう、と」

「それでも駄目だったら？」

「オチに向かってアドリブで凌ぐ！　僕が知っている技はそれだけだ」

「平さん」

好き。大好き。

なんてこんな場所では言えないから、私は寒さを言い訳にぎゅっとくっついた。

高嶺の花というあだ名があれほど苦手だったのに、今は特別な宝物のように思えてならない。

演芸場の客席はガラガラだったけれど、貸し切りみたいでちょっぴりロマンチックと言えなくもなかった。

演目はまさかの『まんじゅうこわい』だ。

ケーキが怖いチキンが怖いと、ラストの畳み掛けはもうすぐやってくるクリスマスにぴったりのアレンジで、私は大笑いした。

ぽかぽかしてきたので、薄手のコートを脱ぎながら隣を見る。

平さんは少し照れくさそうな顔をしながら、初デートのランチにそぐわない鮭弁当をかき込んでいた。

カップケーキと恋の怪物

雨坂 羊

2025年4月30日第1刷発行

発行者	安永尚人
発行所	株式会社　講談社 〒112-8001 東京都文京区音羽2-12-21
電話	出版　(03)5395-3715 販売　(03)5395-3608 業務　(03)5395-3603
デザイン	おおの蛍(ムシカゴグラフィクス)
本文データ制作	講談社デジタル製作
印刷所	株式会社ＫＰＳプロダクツ
製本所	株式会社フォーネット社

KODANSHA

ISBN978-4-06-536537-3　N.D.C.913　284p　15㎝

定価はカバーに表示してあります

講談社ラノベ文庫

シャドウ・アサシンズ・ワールド1～2
～影は薄いけど、最強忍者やってます～

著:空山トキ　イラスト:伍長

如月小夜という少女がいる。
ごく一般的で、ごくごく普通で、全ての要素が平均的で――
そして、異常なほど影が薄い。そんな少女だ。
夏休みの暇潰しにMMORPG《シャドウ・アサシンズ・ワールド》を
始めた小夜は、その影の薄さゆえのステルス能力を《忍者》クラスで活かし、
超一流プレイヤー【クロ】へと一気に成長していき……!?

講談社ラノベ文庫

失恋後、険悪だった幼なじみが砂糖菓子みたいに甘い1～2

著:七鳥未奏　イラスト:うなさか

つらい失恋により体調を崩してしまった男子高生、沢渡悠。
そんな彼のもとに、理由もわからないまま険悪になっていた、
隣の部屋の幼なじみ――白雪心愛が現れ、看病してくれることに。
その日以降、遠ざかっていた二人の距離は近付いていく。
やがて、悠は心愛に心を惹かれるようになって――。